Agatha Christie®

Hora Zero

Tradução de Joice Elias Costa

www.lpm.com.br

L&PM POCKET

Coleção **L&PM** POCKET, vol. 931

Texto de acordo com a nova ortografia.
Título original: *Towards Zero*

Primeira edição na Coleção **L&PM** POCKET: março de 2011
Esta reimpressão: março de 2020

Tradução: Joice Elias Costa
Capa: designedbydavid.co.uk © HarperCollins/Agatha Christie Ltd. 2008
Preparação: Carlos Saldanha
Revisão: Tiago Martins

CIP-Brasil. Catalogação na Fonte
Sindicato Nacional dos Editores de Livros, RJ.

C479h

Christie, Agatha, 1890-1976
Hora Zero / Agatha Christie; tradução de Joice Elias Costa. – Porto Alegre, RS: L&PM, 2020.
240p. (Coleção L&PM POCKET; v. 931)

Tradução de: *Towards Zero*
ISBN 978-85-254-2129-6

1. Ficção inglesa. I. Joice Elias Costa. II. Título. III. Série.

10-0533. CDD: 823
CDU: 821.111-3

Rua Comendador Coruja, 314, loja 9 – Floresta – 90.220-180
Porto Alegre – RS – Brasil / Fone: 51.3225.5777

Pedidos & Depto. Comercial: vendas@lpm.com.br
Fale conosco: info@lpm.com.br
www.lpm.com.br

Impresso no Brasil
Verão de 2020

Agatha Christie
(1890-1976)

Agatha Christie é a autora mais publicada de todos os tempos, superada apenas por Shakespeare e pela Bíblia. Em uma carreira que durou mais de cinquenta anos, escreveu 66 romances de mistério, 163 contos, dezenove peças, uma série de poemas, dois livros autobiográficos, além de seis romances sob o pseudônimo de Mary Westmacott. Dois dos personagens que criou, o engenhoso detetive belga Hercule Poirot e a irrepreensível e implacável Miss Jane Marple, tornaram-se mundialmente famosos. Os livros da autora venderam mais de dois bilhões de exemplares em inglês, e sua obra foi traduzida para mais de cinquenta línguas. Grande parte da sua produção literária foi adaptada com sucesso para o teatro, o cinema e a tevê. *A ratoeira*, de sua autoria, é a peça que mais tempo ficou em cartaz, desde sua estreia, em Londres, em 1952. A autora colecionou diversos prêmios ainda em vida, e sua obra conquistou uma imensa legião de fãs. Ela é a única escritora de mistério a alcançar também fama internacional como dramaturga e foi a primeira pessoa a ser homenageada com o Grandmaster Award, em 1954, concedido pela prestigiosa associação Mystery Writers of America. Em 1971, recebeu o título de Dama da Ordem do Império Britânico.

Agatha Mary Clarissa Miller nasceu em 15 de setembro de 1890 em Torquay, Inglaterra. Seu pai, Frederick, era um americano extrovertido que trabalhava como corretor da Bolsa, e sua mãe, Clara, era uma inglesa tímida. Agatha, a caçula de três irmãos, estudou basicamente em casa, com tutores. Também teve aulas de canto e piano, mas devido ao temperamento introvertido não seguiu carreira artística. O pai de Agatha morreu quando ela tinha onze anos, o que a aproximou da mãe, com quem fez várias viagens. A paixão por conhecer o mundo acompanharia a escritora até o final da vida.

Em 1912, Agatha conheceu Archibald Christie, seu primeiro esposo, um aviador. Eles se casaram na véspera do Natal de 1914 e tiveram uma única filha, Rosalind, em 1919. A carreira literária de Agatha – uma fã dos livros de suspense do escritor inglês Graham Greene – começou depois que sua irmã a desafiou a escrever um romance. Passaram-se alguns anos até que o primeiro livro da escritora fosse publicado. *O misterioso caso de Styles* (1920), escrito próximo ao fim da Primeira Guerra Mundial, teve uma boa acolhida da crítica. Nesse romance aconteceu a primeira aparição de Hercule Poirot, o detetive que estava destinado a se tornar o personagem mais popular da ficção policial desde Sherlock Holmes. Protagonista de 33 romances e mais de cinquenta contos da autora, o detetive belga foi o único personagem a ter o obituário publicado pelo *The New York Times*.

Em 1926, dois acontecimentos marcaram a vida de Agatha Christie: a sua mãe morreu, e Archie a deixou por outra mulher. É dessa época também um dos fatos mais nebulosos da biografia da autora: logo depois da separação, ela ficou desaparecida durante onze dias. Entre as hipóteses figuram um surto de amnésia, um choque nervoso e até uma grande jogada publicitária. Também em 1926, a autora escreveu sua obra-prima, *O assassinato de Roger Ackroyd*. Este foi seu primeiro livro a ser adaptado para o teatro – sob o nome *Álibi* – e a fazer um estrondoso sucesso nos teatros ingleses. Em 1927, Miss Marple estreou como personagem no conto "O Clube das Terças-Feiras".

Em uma de suas viagens ao Oriente Médio, Agatha conheceu o arqueólogo Max Mallowan, com quem se casou em 1930. A escritora passou a acompanhar o marido em expedições arqueológicas e nessas viagens colheu material para seus livros, muitas vezes ambientados em cenários exóticos. Após uma carreira de sucesso, Agatha Christie morreu em 12 de janeiro de 1976.

Para Robert Graves

Caro Robert,

Como você é gentil o bastante para dizer que gosta das minhas histórias, ouso dedicar este livro a você. Tudo o que peço é que contenha com firmeza as suas habilidades críticas (certamente aguçadas pelos seus excessos recentes nesse quesito!) quando estiver lendo.
Esta história é para sua diversão, e não uma candidata ao pelourinho literário do sr. Graves.
Sua amiga,

Agatha Christie

Sumário

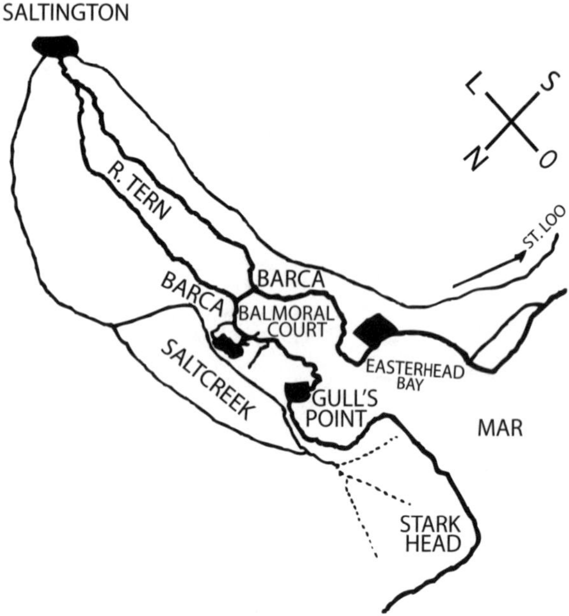
SALTINGTON
L
S
N
O
R. TERN
ST. LOO
BARCA
BARCA
BALMORAL
COURT
SALTCREEK
EASTERHEAD
BAY
GULL'S
POINT
MAR
STARK
HEAD

Prólogo

19 de novembro

O grupo em volta da lareira era quase todo composto por advogados ou por pessoas com algum interesse pelo Direito. Ali estavam Martindale, o procurador, lorde Rufus, conselheiro real, o jovem Daniels, que ficou famoso com o caso Carstairs, alguns outros advogados, o sr. Justice Cleaver, Lewis, da Lewis & Trench, e ainda o velho sr. Treves. Este, com seus quase oitenta anos de maturidade e experiência, era membro de um famoso escritório de advocacia; na verdade, era o sócio mais ilustre da firma. Havia solucionado inúmeros casos difíceis no tribunal e, além de grande criminalista, era considerado, mais do que qualquer outro homem na Inglaterra, um profundo conhecedor dos bastidores da história.

Os precipitados afirmavam que o sr. Treves precisava escrever as suas memórias. Mas ele era um homem de bom senso. Estava ciente de que sabia demais.

Apesar de estar há muito tempo afastado das atividades profissionais, não havia na Inglaterra homem nenhum cuja opinião fosse tão respeitada pelos colegas. Toda vez que sua voz fina e precisa se levantava, havia um silêncio respeitoso.

A conversa agora se referia a um caso muito comentado que tinha sido concluído naquele dia, no Old Bailey. Era um caso de assassinato, e o réu havia sido absolvido. Os presentes ocupavam-se de reexaminar o caso e fazer críticas de ordem técnica.

A acusação cometera um erro ao confiar em uma de suas testemunhas – o velho Depleach deveria ter percebido a oportunidade que estava dando à defesa.

O jovem Arthur explorou ao máximo o depoimento da empregada. Bentmore, nos seus argumentos finais, situou o caso em sua perspectiva correta, mas naquele momento o dano já estava feito – os jurados acreditaram na moça. Os jurados são engraçados – nunca se sabe o que vão aceitar. Porém, no momento em que botam uma coisa na cabeça, ninguém jamais consegue fazê-los mudar de ideia. Acreditaram que a moça estava falando a verdade sobre o pé de cabra e pronto. O laudo médico estava um pouco além da compreensão deles. Todos aqueles termos técnicos e o jargão científico – péssimas testemunhas esses cientistas, sempre enrolando e sem saber responder sim ou não a uma pergunta óbvia, sempre "sob determinadas circunstâncias isso poderia ter ocorrido" e assim por diante!

Pouco a pouco, à medida que se manifestavam e que as observações se tornavam mais arrebatadas e desconexas, crescia uma sensação geral de que alguma coisa estava faltando. Uma após outra, as cabeças voltaram-se para o sr. Treves, uma vez que até então ele não havia feito nenhum comentário. Aos poucos, ficou claro que o grupo esperava a palavra final de seu mais ilustre colega.

O sr. Treves, recostado na cadeira, limpava os óculos distraído. Alguma coisa naquele silêncio fez com que levantasse a cabeça de repente.

– Hein?! – disse ele. – O que foi? Vocês me perguntaram alguma coisa?

O jovem Lewis falou:

– Comentávamos sobre o caso Lamorne, senhor.

E parou demonstrando expectativa.

– Sim, sim – disse o sr. Treves. – Estava pensando nisso.

Houve um silêncio respeitoso.

– Mas tenho a impressão – ele continuou, ainda limpando os óculos – de que eu estava fantasiando. Sim, fantasiando. Creio que seja em decorrência da velhice. Na minha idade, se quisermos, podemos reivindicar o direito de sermos imaginativos.

– Sem dúvida, senhor – comentou o jovem Lewis, que parecia intrigado.

– Estava pensando – disse o sr. Treves – não nos vários aspectos da lei levantados, apesar de serem muito interessantes. Caso o veredicto tivesse sido outro, teriam boas bases para apelação, imagino. Mas não quero entrar nessa discussão agora. Estava apenas pensando, como disse, não nos aspectos da lei, mas nas... bem, nas pessoas envolvidas neste caso.

Todos pareceram um tanto admirados. Haviam considerado as pessoas envolvidas no caso apenas no que dizia respeito à credibilidade dos seus depoimentos, ou então como meras testemunhas. Nenhum deles sequer arriscou especular sobre se o réu era culpado ou inocente, como o tribunal o havia pronunciado.

– Seres humanos, como sabem – falou o sr. Treves pensativo –, seres humanos de todo tipo, espécie, tamanho e forma. Alguns inteligentes e muitos outros não. Vindos de todos os lugares, Lancashire, Escócia, como aquele italiano dono de restaurante e aquela professora vinda de algum lugar do Middle West. Todos apanhados, emaranhados no caso e finalmente reunidos em um tribunal de justiça de Londres num dia cinzento de novembro. Cada um contribuindo com uma pequena parte. E a coisa toda culminando em um julgamento por crime de assassinato.

Ele parou e tamborilou de leve no joelho.

– Gosto de um bom romance policial – disse ele. – Mas, como se sabe, eles sempre começam do ponto errado! Começam pelo assassinato. Só que o assassinato é o *final*. A história começa muito antes – muitas vezes, anos antes – com todas as causas e circunstâncias que levam as pessoas a certos lugares, num certo momento e num certo dia. Vejam o depoimento da jovem empregada: se a cozinheira não tivesse roubado o namoradinho dela, ela não teria tido um acesso de raiva e ido à casa dos Lamornes, passando assim a ser a principal testemunha da defesa. Se o tal Giuseppe Antonelli não tivesse chegado para ficar no lugar do irmão por um mês... bem, o irmão é cego como um morcego e não teria visto o que viram os olhos aguçados do Giuseppe. Se o policial não estivesse encantado pela cozinheira do nº 48, não teria se atrasado na sua ronda...

Balançou a cabeça devagar.

– Todos se dirigem a um determinado local... E aí, quando chega a hora: o ponto máximo! A *hora zero*. Sim, todos convergem para a hora zero... Para a hora zero... – repetiu.

Estremeceu ligeiramente.

– O senhor está com frio, chegue mais perto da lareira.

– Não, não – disse o sr. Treves. – É só alguém andando sobre o meu túmulo, como se diz. Bem, preciso ir para casa.

Despediu-se com um aceno cordial e saiu da sala devagar, mas com firmeza.

Houve um silêncio vago. Em seguida, lorde Rufus observou que o pobre Treves estava envelhecendo.

O sr. William Cleaver comentou:

– É uma mente perspicaz, muito perspicaz, porém mostra a idade avançada.

– E seu coração está fraco – disse o lorde. – Pode parar a qualquer momento, imagino eu.

– Mas ele se cuida muito – afirmou o jovem Lewis.

Naquele momento, o sr. Treves entrava com cuidado no seu confortável Daimler, que o levaria até o quarteirão tranquilo onde ficava sua casa. Um mordomo solícito ajudou-o a tirar o casaco. O sr. Treves entrou na biblioteca, onde a lareira ardia. Seu quarto ficava mais adiante no mesmo andar, pois não podia subir escadas por causa do coração.

Sentou-se em frente ao fogo e apanhou a correspondência.

Sua mente ainda se concentrava na fantasia que esboçara no clube.

"Precisamente neste momento", pensou consigo mesmo o sr. Treves, "algum drama – algum futuro assassinato – está sendo planejado. Se estivesse escrevendo uma dessas pitorescas histórias de crime e sangue, começaria agora com um velho senhor abrindo a sua correspondência em frente à lareira, indo – sem perceber – em direção à hora zero..."

Rasgou um envelope e olhou fixo para a folha de papel que retirou dele.

Sua expressão mudou de repente. Ele voltou da ficção para a realidade.

– Meu Deus! – disse o sr. Treves. – Que desagradável! Realmente muito inoportuno! Depois de todos esses anos! Isto vai alterar os meus planos por completo.

11 de janeiro

O homem deitado na cama do hospital moveu ligeiramente o corpo e soltou um gemido.

A enfermeira responsável pela ala levantou de sua mesa e dirigiu-se até ele. Arrumou os travesseiros e o colocou em uma posição mais confortável.

Angus MacWhirter agradeceu apenas com um resmungo.

Estava num estado de tempestuosa revolta e amargura.

A essa hora já deveria estar tudo acabado. Ele deveria estar livre de tudo! Que árvore maldita e absurda – brotar no penhasco! Malditos namoradinhos intrometidos que encararam o frio de uma noite de inverno para comparecer a um encontro na beira do penhasco.

Não fossem eles (e a árvore!), tudo teria terminado – um mergulho na profunda água gelada, talvez uma breve agonia, e depois o esquecimento – o fim de uma vida mal vivida, inútil e vazia.

E agora, onde ele estava? Deitado, ridículo, em uma cama de hospital, com um ombro quebrado e com a perspectiva de ser denunciado à justiça pelo crime de tentar tirar a própria vida.

Maldição! Era a sua própria vida, não?

E, se tivesse conseguido, teriam-no enterrado piedosamente como um sujeito de mente doentia!

Doente mental mesmo! Jamais estivera tão lúcido! O suicídio era a alternativa mais lógica e sensata para um homem naquela situação.

Completamente falido, com a saúde afetada de forma irreversível e com uma esposa que o deixara por outro homem. Sem emprego, sem afeto, dinheiro, saúde ou esperança; acabar com tudo não era certamente a única solução possível?

E agora estava naquela situação ridícula. Em breve seria admoestado por um juiz carola por ter feito a única coisa razoável com um bem que pertencia apenas a ele: a sua vida.

Bufou de raiva. Foi invadido por uma onda de ira.

A enfermeira estava mais uma vez ao seu lado. Era jovem, ruiva, tinha um rosto bondoso e um ar distraído.

– Está com muita dor?

– Não, não estou.

– Vou lhe dar alguma coisa para dormir.

– Você não vai fazer nada disso.

– Mas...

– Você acha que não consigo suportar um pouco de dor e insônia?

Ela sorriu com gentileza e um leve ar de superioridade.

– O médico disse que você poderia tomar alguma coisa.

– Não me importa o que o médico disse.

Ela arrumou as cobertas e colocou o copo de limonada mais perto dele. Um pouco envergonhado, ele falou:

– Desculpe, fui grosseiro.

– Não. Está tudo bem.

Incomodava-lhe o fato de ela permanecer tão completamente impassível diante do seu mau humor. Nada conseguiria penetrar a couraça de indulgente indiferença da enfermeira. Ele era um paciente, não um homem. Ele disse:

– Maldita interferência. Toda essa maldita interferência...

Ela falou em tom de reprovação:

– Ora, ora, isso não foi muito gentil.

– Gentil? – respondeu – Gentil? Meu Deus!

– Você se sentirá melhor pela manhã – disse ela com calma.

Ele engoliu em seco.

– Vocês enfermeiras! Enfermeiras! Umas desumanas, é isso o que vocês são!

– Nós sabemos o que é melhor para vocês.

– Isto é o que mais me irrita em você, nos hospitais, no mundo todo – a interferência contínua! Saber sempre o que é melhor para os outros. Tentei me matar. Você sabe disso, não?

Ela fez que sim com a cabeça.

– Era um problema só meu me atirar ou não de uma porcaria de penhasco. Para mim, a vida terminara. Eu estava arruinado!

A enfermeira fez um estalinho com a língua mostrando compaixão. Ele era um paciente. Ela o acalmava deixando-o desabafar.

– Por que não devo me matar se é isso o que eu quero fazer? – perguntou.

Ela respondeu com muita seriedade:

– Porque é errado.

– Errado por quê?

Olhou-o em dúvida. Não que aquilo tivesse afetado a sua convicção, mas por ter tanta dificuldade para explicar a sua reação.

– Bom, quero dizer, é terrível a pessoa se matar. A gente tem que seguir a vida, quer queira, quer não.

– Mas por quê?

– Bom, há outras pessoas que precisamos levar em consideração, não é?

– Não no meu caso. Não há nenhuma alma neste mundo que fosse sentir a minha morte.

– Você não tem parentes? Nem mãe, nem irmãs, nada?

– Não. Tive uma esposa, mas ela me deixou. E ela fez a coisa certa! Viu que eu não servia para nada.

– Mas, com toda certeza, você tem amigos, não?

– Não, não tenho. Não sou do tipo sociável. Olhe aqui, enfermeira, vou lhe contar uma coisa. Já fui um sujeito feliz. Tinha um bom emprego e uma bela mulher. Houve um acidente de carro em que me envolvi. Meu patrão estava dirigindo e eu estava no carro. Ele queria que eu dissesse que ele estava dirigindo a menos de cinquenta quilômetros por hora. Mas não estava. Vínhamos a quase oitenta. Ninguém morreu nem nada, ele só queria estar com a razão por causa do pessoal da seguradora. Bem, eu não disse o que ele queria. Era uma mentira. E eu não minto!

A enfermeira falou:

– Bom, acho que você estava certo. Totalmente certo.

– Você não acha? Pois essa minha teimosia custou o meu emprego. Meu patrão ficou ofendido. Deu um jeito de garantir que eu não conseguisse outro emprego. Minha mulher se cansou de me ver para lá e para cá, incapaz de conseguir um trabalho. Foi embora com um homem que havia sido meu amigo. Ele estava prosperando e subindo na vida. Fiquei à deriva, caindo cada vez mais. Comecei a beber e isso não me ajudou a parar em nenhum emprego. Por fim, acabei adoecendo, acabei com a minha saúde. O médico me disse que eu jamais voltaria a ser uma pessoa saudável. Bom, nessa altura já não havia mais razão para viver. O caminho mais fácil e mais honesto era sumir de vez. Minha vida não valia nada nem para mim nem para mais ninguém.

– Você não tem certeza disso – murmurou a jovem enfermeira.

Ele riu. Já estava mais bem-humorado. A ingênua obstinação dela o divertia.

– Minha querida, qual a utilidade de alguém como eu?

Confusa, ela disse:

– Você não sabe. Pode ser que algum dia você...

– Algum dia? Não vai haver "algum dia". Na próxima vez, vou garantir que não haja.

Ela balançou a cabeça, convicta.

– Ah, não! – disse. – Você não vai mais tentar se matar agora.

– Por que não?

– Vocês nunca tentam!

Ele a encarou. "Vocês nunca tentam". Ele pertencia à categoria dos aspirantes a suicidas. Ao abrir a boca para protestar energicamente, num impulso, sua honestidade inata o impediu.

Será que tentaria de novo? Tinha de fato a intenção de tentar? De repente compreendeu que não tentaria. Por nenhum motivo específico. Talvez o motivo preciso fosse o que ela acabara de fornecer com base no seu conhecimento especializado. Os suicidas não tentam outra vez.

Além do mais ele estava decidido a forçar uma revelação de ordem ética por parte dela.

– De qualquer maneira, tenho o direito de fazer o que quiser com a minha própria vida.

– Não, você não tem.

– Mas, por que não, minha querida? Por quê?

Ela corou. Brincando com a pequena cruz de ouro pendurada em seu pescoço, disse:

– Você não entende. Pode ser que Deus precise de você.

Ele a encarou, surpreso. Não queria perturbar a sua fé infantil. Falou com ironia:

– Suponho que um dia eu deva deter um cavalo desembestado e salvar uma criança de cabelos dourados, não é? É isso?

Ela balançou a cabeça em discordância. Falou com veemência, tentando expressar aquilo que estava tão claro na sua mente e tão hesitante na sua fala:

– Pode ser apenas estar em algum lugar – sem necessariamente fazer alguma coisa – apenas estar num determinado lugar num determinado momento. Ah! Não consigo dizer o que estou querendo. É só que algum dia você pode estar andando pela rua apenas e, só ao fazer isso, realizar algo extremamente importante. Talvez mesmo sem saber o que fez.

A enfermeirinha ruiva era da costa ocidental da Escócia e parte da sua família tinha "visões".

É possível que tenha visto vagamente a imagem de um homem caminhando por uma estrada numa noite de setembro e, com isso, salvar um ser humano de uma morte terrível...

14 de fevereiro

Havia apenas uma pessoa na sala e o único som que se ouvia era o rabiscar daquela caneta, linha por linha, no papel.

Não havia ninguém para ler o que estava sendo escrito. Se houvesse, dificilmente acreditaria, pois o que estava sendo posto no papel era um claro e minucioso plano de assassinato.

Há momentos em que o corpo está consciente de que uma mente o controla – quando se curva obediente àquele algo estranho que comanda as suas ações. Há outros momentos em que a mente está consciente de possuir e controlar um corpo e de atingir o seu propósito ao utilizá-lo.

A pessoa que escrevia encontrava-se neste último estado. Era uma mente, uma inteligência fria e controlada. Essa mente tinha apenas um pensamento e um propósito

– a destruição de outro ser humano. O plano estava sendo traçado com cuidado no papel a fim de cumprir esse objetivo. Cada eventualidade e cada possibilidade estavam sendo consideradas. A coisa tinha que ser absolutamente infalível. O plano, como todo bom plano, não estava de todo estabelecido. Em alguns pontos havia alternativas. Além disso, por tratar-se de uma mente inteligente, percebia que era preciso deixar uma ressalva para os imprevistos. Porém, as linhas principais estavam claras e haviam sido testadas com rigor. O horário, o lugar, o método, a vítima!

Levantou a cabeça, apanhou as folhas de papel e leu com atenção. Sim, estava tudo muito claro.

Formou-se um sorriso em seu rosto sério. Não era um sorriso completamente são. Respirou fundo.

Assim como o homem foi feito à imagem do seu Criador, havia agora uma caricatura terrível da alegria de um criador.

Sim, estava tudo planejado: todas as reações previstas e consideradas, o bem e o mal de cada pessoa, aproveitados e harmonizados em um plano diabólico.

Ainda faltava uma coisa...

Com um sorriso, a pessoa que escrevia marcou uma data. Uma data em setembro.

Então, com um riso, rasgou o papel, juntou os pedaços, atravessou a sala e jogou-os no fogo ardente. Não houve nenhum descuido. Cada pedacinho foi consumido e destruído. Agora o plano existia apenas na cabeça de seu criador.

8 de março

O superintendente Battle estava sentado à mesa do café da manhã. Com o maxilar cerrado, lia devagar e com atenção a carta que sua esposa, chorosa, lhe entregara.

Não havia em seu rosto nenhuma expressão aparente. Aliás, em geral, seu rosto nada denunciava. Tinha o aspecto de um rosto esculpido em madeira. Era sólido, invariável e de certa forma impressionante. O superintendente Battle nunca sugeria genialidade; definitivamente não era um homem genial, mas tinha outras qualidades difíceis de serem definidas, porém contundentes.

– Não posso acreditar – disse a sra. Battle soluçando. – Sylvia!

Sylvia era a mais nova dos cinco filhos do superintendente Battle e sua esposa. Tinha dezesseis anos e estudava em uma escola perto de Maidstone.

A carta era da srta. Amphrey, diretora da escola. Era uma carta franca, gentil e escrita com muito tato. Começava por descrever vários pequenos roubos que durante algum tempo haviam intrigado as autoridades da escola, explicava que finalmente haviam sido esclarecidos, que Sylvia Battle os havia confessado, e que a srta. Amphrey gostaria de ver o sr. e a sra. Battle na primeira oportunidade para "discutir a questão".

O superintendente Battle dobrou a carta, colocou-a no bolso e falou:

– Deixe isto comigo, Mary.

Levantou-se, deu a volta na mesa, afagou de leve o rosto da esposa e disse:

– Não se preocupe, querida. Vai dar tudo certo.

Saiu da sala, deixando uma sensação de conforto e segurança.

Naquela tarde, na sala de estar moderna e privativa da srta. Amphrey, o superintendente Battle, sentado ereto na cadeira, com suas mãos grandes e desajeitadas sobre os joelhos, encarava a srta. Amphrey, conseguindo parecer um policial em cada milímetro, muito mais do que o habitual.

A srta. Amphrey era uma diretora de escola muito bem-sucedida. Tinha personalidade – uma boa dose de personalidade. Era esclarecida e atualizada e combinava disciplina com ideias mais modernas de autodeterminação.

A sala dela simbolizava o espírito de Meadway. Era toda em tons claros, havia grandes jarros de narcisos e vasos de tulipas e jacintos. Nas paredes, uma ou duas boas reproduções do grego antigo, duas complexas esculturas modernas e dois primitivos italianos. No meio disso tudo, a própria srta. Amphrey vestida de azul escuro, com um rosto ansioso que lembrava um galgo e olhos azul-claros olhando com gravidade pelas lentes grossas.

– O importante – dizia ela com a voz clara e bem modulada – é que o caso seja conduzido da maneira certa. É na menina que devemos pensar, sr. Battle. Na própria Sylvia! O mais importante é que a vida dela não seja de forma alguma atingida. Ela não deve ser forçada a assumir culpa alguma. Caso seja responsabilizada, isso deve ocorrer de uma forma muito, muito moderada. Devemos chegar a um entendimento do que há por trás desses roubos insignificantes. Talvez um complexo de inferioridade? Ela não se sai bem nos esportes, como o senhor sabe. Talvez um desejo oculto de se sobressair em outras áreas – um desejo de autoafirmação? Devemos ser muito cuidadosos. Foi por esse motivo que quis primeiro conversar a sós com o senhor, para sugerir que tenha muita cautela com Sylvia. Repito que é muito importante compreender o que está *por trás* disso.

– É por isso, srta. Amphrey, que vim até aqui – disse o superintendente Battle.

Sua voz estava calma, o rosto impassível, os olhos contemplativos avaliavam a diretora da escola.

– Tenho sido muito complacente com ela – disse a srta. Amphrey.

Ele falou, lacônico:

– Faz muito bem, minha senhora.

– O senhor sabe, realmente amo e compreendo essas jovens.

Battle não respondeu desta vez. Apenas falou:

– Gostaria de ver minha filha agora, se a senhora não se importa.

Mais uma vez enfática, a srta. Amphrey o advertiu para ser cuidadoso, ir com calma, não contrariar uma menina que está apenas começando a se tornar mulher.

O superintendente Battle não demonstrava sinais de impaciência. Seu rosto não tinha nenhuma expressão.

Ela finalmente o levou para o gabinete. No caminho, passaram por uma ou duas meninas que, educadas, permaneceram em pé, com os olhos cheios de curiosidade. Depois de conduzir Battle para a saleta, que não sugeria tanta personalidade como a do andar de baixo, a srta. Amphrey retirou-se, dizendo que traria Sylvia até ele.

Quando estava saindo da sala, Battle a deteve.

– Espere um momento. Como a senhorita chegou à conclusão de que era Sylvia a responsável por esses, por assim dizer, desaparecimentos?

– Usei meus métodos psicológicos, sr. Battle – falou a srta. Amphrey com dignidade.

– Psicológicos? Hum... E quanto às provas, srta. Amphrey?

– Ah, sim, entendo bem a sua reação, sr. Battle. A sua profissão a exige. Contudo, a psicologia está começando a ser reconhecida dentro da criminologia. Posso lhe assegurar que não houve nenhum engano. Sylvia admitiu tudo espontaneamente.

– Sim, sim, eu sei disso. Estava apenas querendo saber como a senhorita começou a suspeitar dela.

– Bem, sr. Battle, começou a aumentar muito o número de casos de coisas desaparecidas dos armários das meninas. Reuni então todas as alunas e relatei os fatos, ao mesmo tempo em que, com discrição, analisava as suas reações. A expressão de Sylvia logo me impressionou. Era a expressão da culpa! Soube naquele instante quem era a culpada. Não queria confrontá-la com a própria culpa, mas sim que ela a admitisse. Preparei um pequeno teste para ela – um teste de associação de palavras.

Battle acenou a cabeça para mostrar que estava compreendendo.

– E então a menina confessou tudo.

O pai disse:

– Entendi.

A srta. Amphrey hesitou por um momento, depois saiu.

Em pé, Battle olhava pela janela quando a porta se abriu novamente.

Voltou-se devagar e olhou para a filha.

Sylvia entrou e ficou parada perto da porta que acabara de fechar. Era alta, morena e magra. Seu rosto estava sombrio e parecia que havia chorado. Falou mais com timidez do que com rebeldia:

– Bom, aqui estou eu.

Pensativo, Battle olhou-a por um minuto ou dois e suspirou.

– Jamais deveria tê-la trazido para este lugar – falou. – Aquela mulher é uma tola.

Totalmente surpresa, Sylvia até esqueceu os problemas.

– A srta. Amphrey? Mas ela é maravilhosa! Todas nós achamos.

– Hum! Então não deve ser tão tola se consegue vender tão bem essa imagem para vocês. De qualquer forma, Meadway não era o lugar certo para você. Se bem que isso poderia ter acontecido em qualquer lugar.

Sylvia retorceu as mãos. Olhou para baixo e disse:

– Me desculpe, papai. Estou muito arrependida.

– E deve estar mesmo – falou bruscamente. – Venha cá.

– Ela atravessou a sala devagar e de má vontade para chegar até ele. O pai segurou-lhe o queixo com sua mão forte, olhando-a bem de perto.

– Você tem enfrentado muitos problemas, não é? – perguntou, gentil.

Os olhos de Sylvia encheram-se de lágrimas.

Battle falou com calma:

– Olhe, Sylvia, sempre soube que havia alguma coisa com você. A maioria das pessoas tem um ou outro tipo de fraqueza. Normalmente é uma coisa comum. Percebe-se quando a criança é egoísta, tem um temperamento ruim ou apresenta traços de pessoa briguenta. Você sempre foi uma criança boazinha, muito tranquila, de temperamento dócil, nunca deu problemas – o que às vezes me preocupava. Pois quando há um defeito que passa despercebido, muitas vezes esse defeito aniquila o desempenho como um todo no momento em que o indivíduo é posto à prova.

– Como eu! – exclamou Sylvia.

– Sim, como você. Você desabou sob tensão – e de uma forma muito, muito estranha também. Por incrível que pareça, de um jeito tão estranho como nunca vi antes.

A garota falou subitamente e com ironia:

– Sempre achei que você se deparasse com ladrões com bastante frequência!

– Ah, sim! Conheço-os muito bem. E é por isso, minha querida, e não por ser seu pai (os pais sabem muito pouco sobre os filhos), mas por ser um policial, que sei muito bem que você não é uma ladra! Você nunca tirou nada deste lugar. Há dois tipos de ladrões: o tipo que se rende à súbita e irresistível tentação (e isso quase nunca acontece – é impressionante observar as tentações a que o ser humano comum, normal e honesto consegue resistir), e há o tipo que simplesmente toma aquilo que não lhe pertence de uma forma quase automática. Você não faz parte de nenhum dos dois tipos. Você não é uma ladra. Você é uma mentirosa de um tipo muito raro.

Sylvia começou a falar:

– Mas...

Ele continuou:

– Você admitiu tudo? Ah, sim, disso eu sei. Houve uma santa que saía para distribuir pão para os pobres.

Seu marido não aprovava. Foi até ela e perguntou o que havia na cesta. Ela perdeu a paciência e disse que eram rosas. Ele abriu bruscamente a cesta e lá estavam as rosas: um milagre! Se você tivesse sido Santa Isabel e tivesse saído com uma cesta de rosas, e seu marido chegasse e perguntasse o que você levava na cesta, você perderia a paciência e diria: "pão".

Ele fez uma pausa e depois disse com delicadeza:

– Foi assim que aconteceu, não foi?

Houve um silêncio mais longo e Sylvia inclinou a cabeça.

Battle completou:

– Me diga, minha filha. O que aconteceu de fato?

– Ela nos chamou para uma reunião com todas as alunas. Fez um discurso. Vi que seus olhos me encaravam e sabia que ela achava que eu era a culpada. Senti que meu rosto enrubesceu – e vi que algumas alunas me olhavam. Foi horrível. Depois as outras começaram a me olhar e a cochichar pelos cantos. Dava para perceber o que todas elas pensavam. Então, certa noite Amp trouxe a mim e algumas das outras meninas até aqui em cima, e jogamos uma espécie de jogo de palavras: ela dizia determinadas palavras e nós dávamos respostas...

Battle resmungou indignado.

– Pude perceber o que aquilo significava e... e meio que fiquei paralisada. Tentei não dizer a palavra errada, tentei pensar em outras coisas – como esquilos e flores –, e Amp me olhava com olhos que pareciam brocas, o senhor sabe, como se estivessem me perfurando. E depois disso, bom, depois disso as coisas só pioraram cada vez mais, até que certo dia Amp falou comigo de um jeito tão carinhoso e tão – tão compreensivo – e... e eu desabei e acabei confessando que havia sido eu e... Ah! Papai, que alívio eu senti!

Battle alisava o queixo.

– Entendo.

– O senhor entende mesmo?

– Não, Sylvia, não entendo, porque não sou assim. Se alguém tentasse me fazer admitir alguma coisa que eu não tivesse feito, ficaria mais com vontade de lhe dar um soco na cara. Mas consigo ver o que aconteceu no seu caso – e essa Amp dos olhos de brocas penetrantes teve diante do nariz um dos melhores exemplos de psicologia que qualquer tolo defensor de teorias mal compreendidas poderia desejar. Agora o que temos que fazer é esclarecer essa confusão. Onde está a srta. Amphrey?

A srta. Amphrey rondava por perto discretamente. Seu sorriso simpático se enrijeceu ao ouvir o superintendente Battle dizer sem rodeios:

– Para ser justo com minha filha, devo pedir que a senhorita chame a polícia para resolver essa situação.

– Mas, sr. Battle, a própria Sylvia...

– Sylvia nunca tocou em nada que não lhe pertencesse.

– Entendo que, como pai, o senhor...

– Não estou falando como pai, mas sim como policial! Chame a polícia para ajudá-la a resolver este caso. Eles serão discretos. Vocês encontrarão os objetos escondidos em algum lugar e também as impressões digitais corretas, imagino. Ladrõezinhos insignificantes nunca pensam em usar luvas. Vou levar a minha filha comigo agora. Se a polícia encontrar provas, provas reais, que determinem a sua ligação aos furtos, estarei pronto para fazer com que ela compareça ao tribunal e enfrente o que lhe acontecer. Mas não tenho receios.

Cinco minutos mais tarde, ao atravessar o portão levando Sylvia ao seu lado, perguntou:

– Quem é aquela garota de cabelo louro, um pouco ondulado, de faces muito rosadas, uma pinta no queixo e olhos azuis bem separados? Passei por ela no corredor.

– Pela descrição, parece ser Olive Parsons.

– Bom, não ficaria surpreso se ela fosse a culpada.

– Ela parecia assustada?

– Não, parecia presunçosa. O ar calmo e presunçoso que já vi centenas de vezes nos tribunais! Aposto um bom dinheiro como ela é a ladra, mas ninguém a verá confessar.

Sylvia disse com um suspiro:

– É como sair de um pesadelo. Papai, eu sinto muito! Sinto muito mesmo! Como pude ser tão tola, tão extremamente tola? Me sinto péssima com tudo isso.

– Ah, minha filha, – disse Battle tirando uma das mãos do volante para acariciar o braço de Sylvia, proferindo uma de suas frases preferidas para consolá-la –, não se preocupe. Essas coisas acontecem para nos testar. Sim, acontecem para nos testar. Pelo menos imagino que seja isso. Não vejo outra razão para que ocorram...

19 de abril

O sol brilhava na casa de Nevile Strange, em Hindhead.

Era um desses dias de abril que acontecem pelo menos uma vez durante o mês – mais quente que boa parte dos dias de junho que estavam por vir.

Nevile Strange desceu a escada. Usava uma calça branca e trazia quatro raquetes de tênis debaixo do braço.

Se alguém tivesse que ser escolhido, entre outros ingleses, como exemplo de um homem de sorte, que tivesse tudo o que alguém possa desejar, uma Comissão de Seleção poderia muito bem escolher Nevile Strange. Era um homem muito conhecido entre o público britânico, grande jogador de tênis e um desportista completo. Mesmo nunca tendo chegado às finais em Wimbledon, havia vencido várias partidas nas rodadas de abertura do torneio e por duas vezes chegara às semifinais nas duplas mistas. Talvez fosse um desportista completo demais para ser um campeão no tênis. Era razoável no golfe, bom nadador e havia feito boas escaladas nos Alpes. Tinha 33 anos, uma saúde magnífica, boa aparência, muito dinheiro, uma bela mulher com quem se casara recentemente e, ao que tudo indicava, nenhum problema ou preocupação.

No entanto, quando desceu a escada naquela bela manhã uma sombra o acompanhou. Uma sombra talvez perceptível apenas aos seus olhos. Mas estava consciente disso, e esse pensamento enrugou-lhe a testa e o fez ficar com uma expressão perturbada e indecisa.

Atravessou o hall, alinhou os ombros, como que para livrar-se definitivamente de algum fardo, passou pela sala e seguiu até uma varanda envidraçada, onde sua esposa estava enroscada nas almofadas, bebendo suco de laranja.

Kay Strange tinha 23 anos e uma beleza peculiar. Seu corpo esbelto era de uma sensualidade delicada, tinha o cabelo ruivo escuro, a pele tão perfeita que para realçá-la usava apenas uma maquiagem bem leve, sobrancelhas e olhos escuros que raramente ficam bem com cabelos ruivos, mas cujo efeito é fulminante quando ocorre.

O marido disse em um tom suave:

– Oi, minha linda! O que temos para o café da manhã?

Ela respondeu:

– Para você, rins sangrentos horríveis, cogumelos e rolinhos de bacon.

– Parece bom! – disse Nevile.

Serviu-se das carnes e dos cogumelos, depois pegou uma xícara de café. Houve um silêncio amistoso por alguns minutos.

– Ah! – disse Kay contorcendo com sensualidade os pés descalços de unhas vermelhas. – O sol não está lindo? Apesar de tudo, até que a Inglaterra não é tão desagradável.

Haviam acabado de chegar do sul da França.

Após passar os olhos pelas manchetes dos jornais, Nevile foi direto à seção de esportes e apenas murmurou:

– Hum...

Depois passou para a torrada com geleia, deixou o jornal de lado e abriu a correspondência.

Havia muitas correspondências, mas ele rasgou a maior parte e jogou fora. Circulares, propagandas, impressos.

– Não gosto do esquema de cores da sala de estar. Posso reformá-la, Nevile?

– Como você quiser, minha linda.

– Azul-turquesa – disse Kay idealizando –, e marfim para as almofadas de cetim.

– Você terá que incluir um macaco – disse Nevile.

– Você pode ser o macaco – disse Kay.

Nevile abriu outra carta.

– Ah, a propósito – falou Kay. – Shirty nos convidou para ir até a Noruega em um cruzeiro de iate no final de junho. É revoltante que não possamos ir.

Meio de lado, olhou com cautela para ele e acrescentou, melancólica:

– Adoraria poder ir.

Alguma coisa, uma sombra, uma dúvida pareceu pairar no semblante de Nevile.

Kay perguntou revoltada:

– Temos mesmo que ir à casa sombria da velha Camilla?

Nevile franziu as sobrancelhas.

– Claro que temos. Olhe aqui, Kay, já conversamos sobre isso. Sir Matthew foi meu tutor. Ele e Camilla me cuidaram. Gull's Point é meu lar, muito mais do que qualquer outro lugar.

– Está bem, está bem – disse Kay. – Se temos que ir, temos que ir. Afinal de contas quando ela morrer ficaremos com todo aquele dinheiro. Portanto, imagino que tenhamos que bajulá-la um pouco.

Nevile respondeu irado:

– Não é uma questão de bajular! Ela não controla o dinheiro. Sir Matthew deixou-o sob sua responsabilidade enquanto ela viver, devendo passar para mim e para minha esposa após a sua morte. É uma questão de afeição. Por que você não consegue entender isso?

Após um instante de silêncio, Kay falou:

– Eu entendo, de verdade. Só estou me fazendo porque... bom, porque sei que minha presença é apenas tolerada naquela casa, por assim dizer. Elas me odeiam! Sim, é claro que me odeiam! Lady Tressilian me olha de cima a baixo com aquele nariz comprido, e Mary Aldin nem me olha quando fala comigo. Para você está tudo muito bem. Você não percebe o que acontece.

– Sempre me pareceram muito gentis com você. Você sabe muito bem que eu não toleraria o contrário.

Kay lançou-lhe um olhar estranho por debaixo dos seus cílios escuros.

– São suficientemente educadas, mas sabem muito bem como me atingir. Sou uma intrusa, é assim que elas me veem.

– Bom – disse Nevile – afinal de contas, é uma reação natural, não?

Sua voz havia mudado um pouco. Levantou-se e ficou olhando a paisagem, de costas para ela.

– Ah! Sim! Suponho que seja natural. Elas eram tão devotadas à Audrey, não eram? – sua voz tremeu um pouco. – A querida, bem-educada, ponderada e insípida Audrey! Camilla não me perdoou por ter tomado o lugar dela.

Nevile não se virou. Sua voz estava sombria e sem vida:

– Afinal de contas, Camilla está velha, já passou dos setenta. Como você sabe, a geração dela não simpatiza muito com o divórcio. No fundo, acho até que ela aceitou a situação muito bem, considerando o quanto era louca pela... pela Audrey.

Sua voz mudou um pouco ao pronunciar o nome dela.

– Elas acham que você a tratou mal.

– E tratei mesmo – Nevile falou num sussurro.

Mas a esposa ouviu.

– Ah, Nevile, não seja tão tolo. Só porque ela resolveu fazer um drama terrível.

– Ela não fez drama. Nunca fez.

– Bom, você sabe do que estou falando. Porque ela foi embora e ficou doente, e depois, por onde quer que andasse, sempre passava a ideia de estar sofrendo. É isto o que eu chamo de drama! Audrey não é o que eu chamo de boa perdedora. Do meu ponto de vista, se uma mulher não consegue segurar o marido, deve abrir mão dele com elegância! Vocês não tinham nada em comum. Ela nunca praticou esportes, era anêmica e desanimada como um... um trapo de cozinha. Não tinha vida nem energia. Se gostasse de você de verdade, deveria pensar em primeiro lugar na sua felicidade, e ficar satisfeita por você estar feliz com alguém que combinasse mais com você.

Nevile voltou-se para ela com um sorriso ligeiramente sarcástico nos lábios.

– Quanto espírito esportivo! É assim que se joga o jogo do amor e do casamento!

Kay riu e enrubesceu.

– Bom, talvez eu tenha ido um pouco longe demais. De qualquer maneira, uma vez acontecido, não há o que fazer. É preciso aceitar as coisas como são.

Nevile falou baixinho:

– Audrey aceitou. Ela se divorciou para que eu pudesse me casar com você.

– É, eu sei... – Kay hesitou.

Nevile disse:

– Você nunca entendeu a Audrey.

– Não, nunca. De certa forma, ela me dá arrepios. Há alguma coisa nela, não sei bem o que. Nunca se sabe o que ela está pensando... Ela... ela é um pouco assustadora.

– Ah, que bobagem, Kay!

– Bom, a mim ela assusta. Talvez por ser inteligente.

– Minha bela bobinha!

Kay riu.

– Você sempre me chama assim!

– Porque é o que você é!

Sorriram um para o outro. Nevile foi até ela, abaixou-se e beijou-lhe a nuca.

– Bela, bela Kay – murmurou.

– E também muito boazinha Kay – ela disse. – Desistiu de uma adorável viagem de iate para ir lá e ser desprezada pelos parentes vitorianos e puritanos do marido.

Nevile voltou e sentou-se à mesa.

– Sabe – disse ele – se você quer mesmo tanto ir, não vejo por que não fazermos essa viagem com Shirty.

Kay levantou-se atônita.

– E quanto a Saltcreek e Gull's Point?

Nevile respondeu com uma voz um tanto artificial:

– Não vejo motivos para não irmos até lá no início de setembro.

– Mas, Nevile, certamente... – ela se deteve.

– Não podemos ir em julho nem em agosto por causa dos torneios – disse Nevile. – Mas o encerramento deve ocorrer em St. Loo na última semana de agosto, e seria perfeito se pudéssemos ir de lá para Saltcreek.

– Ah, sim, seria perfeito – uma maravilha. Mas pensei... bem, ela sempre vai para lá em setembro, não vai?

– Audrey?

– Sim. Imagino que poderiam adiar a visita dela, mas...

– Por que fariam isso?

Ela o encarou hesitante.

– Você quer dizer que ficaríamos lá na mesma época? Que ideia estranha!

Irritado, Nevile retrucou:

– Não vejo nada de estranho. Hoje em dia muitas pessoas agem assim. Por que não podemos ser amigos? As coisas seriam muito *mais simples.* Ora, você mesma afirmou isso outro dia.

– *Eu* disse?

– Disse, sim. Não está lembrada? Estávamos falando sobre os Howes e você disse que era uma forma sensata e civilizada de encarar a situação, e que a ex e a atual esposa de Leonard eram grandes amigas.

– Sim, eu não me incomodaria. Realmente acho muito sensato. Mas... bom, não creio que a Audrey encare as coisas da mesma forma.

– Bobagem sua.

– Não é bobagem. Você sabe, Nevile, Audrey sempre foi louca por você... Não acredito que ela fosse suportar uma situação dessas nem por um minuto.

– Você está muito enganada, Kay. Audrey acha uma ótima ideia.

– O que você quer dizer com isso? Como você sabe o que ela acha?

Nevile ficou um pouco sem graça. Pigarreou constrangido.

– Na verdade, nos encontramos ontem por acaso quando estive em Londres.

– Você não me contou.

Nevile disse irritado:

– Estou contando agora. Foi mero acaso. Estava atravessando o parque quando ela veio em minha direção. Você não ia querer que eu fugisse dela, não é?

– É claro que não – disse Kay olhando fixamente para ele. – Continue.

– Eu... nós... bem, paramos, é claro, depois dei meia-volta e fomos caminhando juntos. Achei... achei que era o mínimo que poderia fazer.

– Continue – falou Kay.

– Depois nos sentamos e conversamos. Ela foi muito gentil... muito gentil mesmo.

– Que agradável para você – falou Kay.

– E seguimos conversando sobre uma coisa e outra. Ela agiu de uma forma muito natural e espontânea, apesar... apesar de tudo.

– Esplêndido! – exclamou Kay.

– Ela perguntou por você.

– Muito gentil da parte dela!

– Falamos um pouco sobre você. De verdade, Kay, ela não poderia ter sido mais gentil.

– A querida Audrey!

– Então me ocorreu, sabe, o quanto seria bom se... se vocês duas pudessem ser amigas, se pudéssemos estar todos juntos. E achei que talvez fosse possível organizar isso neste verão em Gull's Point. É o tipo do lugar onde isso poderia acontecer com naturalidade.

– Você achou isso?

– Eu... bem, sim, é claro. A ideia foi toda minha.

– Você nunca me falou isso.

– Bom, essa ideia só me ocorreu naquele momento.

– Entendo. De qualquer maneira, você sugeriu e Audrey achou uma ideia brilhante?

Pela primeira vez, Nevile percebeu qualquer coisa estranha no jeito de Kay. Ele perguntou:

– Algum problema, linda?

– Ah! Não, nada! Absolutamente nada! E nem você nem Audrey se interessaram em saber se eu acharia essa ideia maravilhosa também?

Nevile a encarou.

– Mas, Kay, por que motivo você se importaria?

Kay mordeu o lábio.

Nevile continuou:

– Você mesma disse no outro dia...

– Ah, não comece com esse assunto outra vez! Eu me referia a outras pessoas, não a nós.

– Mas, em parte, foi o que me levou a considerar essa hipótese.

– Que azar o meu! Não que eu acredite nisso.

Nevile a olhava consternado.

– Mas, Kay, por que você se incomodaria? Quer dizer, não há nada que pudesse incomodá-la.

– Não há?

– Bom, quero dizer, ciúme e coisas do gênero deveriam vir dela – fez uma pausa e sua voz mudou. – Veja bem, Kay, você e eu tratamos Audrey extremamente mal. Não, não quis dizer isso. Você não tem nada a ver com isso. Fui eu que a tratei muito mal. Não adianta apenas dizer que não pude evitar. Sinto que se desse certo eu me sentiria muito melhor com essa situação toda. Ficaria muito mais feliz.

Kay falou devagar:

– Então você não é feliz?

– Minha querida bobinha, o que você quer dizer? É claro que sou feliz, vivo radiante de felicidade. Mas...

Kay o interrompeu.

– Mas, é isso! Sempre houve um "mas" nesta casa. Sempre uma sombra maldita rastejando por esse lugar. A sombra da Audrey.

Nevile a encarou.

– Quer dizer que você tem ciúme de Audrey? – perguntou.

– Não tenho ciúme. Tenho medo dela... Nevile, você não conhece a Audrey.

– Como posso não conhecê-la se fui casado com ela por mais de oito anos?

– Você não conhece a Audrey – repetiu Kay.

30 de abril

– Um absurdo! – disse lady Tressilian. Ajeitou-se no travesseiro e olhou com ferocidade em torno da sala. – Um total absurdo! Nevile deve estar louco.

– Parece realmente um tanto estranho – disse Mary Aldin.

Lady Tressilian tinha um perfil acentuado com um longo nariz afilado, de modo que ao inclinar-se sua expressão adquiria um efeito impressionante. Apesar da saúde delicada e de já ter passado dos setenta anos, seu vigor mental não fora de forma alguma afetado. É verdade que tinha longos períodos de retraimento e afastamento das coisas da vida quando ficava deitada com os olhos semicerrados, porém emergia dessa inércia com todas as faculdades aguçadas ao máximo e com a língua mordaz. Recostada nos travesseiros na larga cama colocada em um dos cantos do quarto, controlava sua corte como se fosse uma rainha francesa. Mary Aldin, uma prima distante, morava com ela e a cuidava. As duas mulheres se davam maravilhosamente bem. Mary, com 36 anos, tinha um desses rostos serenos e sempre jovens que pouco se alteram com o passar dos anos. Tanto poderia ter 30 como 45 anos. Tinha boa aparência e um ar de boa linhagem; o cabelo escuro com uma mecha branca na frente conferia-lhe um toque de personalidade. Foi moda uma época, mas a mecha de Mary era natural e a acompanhava desde menina.

Ela olhava pensativa para a carta de Nevile Strange que lady Tressilian lhe entregara.

– É – disse ela. – Parece mesmo muito estranho.

– Não posso acreditar que essa ideia tenha partido de Nevile! – disse lady Tressilian. – Alguém botou essa ideia em sua cabeça. Provavelmente foi aquela nova mulher dele.

– Kay? A senhora acha que partiu dela?

– Seria bem próprio dela. Jovem e vulgar. Mesmo que maridos e esposas tenham que divulgar os seus problemas e recorrer ao divórcio, deveriam separar-se com decência. É um tanto revoltante que a nova esposa e a anterior se tornem amigas. Hoje em dia ninguém tem valores morais!

– Creio que seja o costume agora – disse Mary.

– Não na minha casa – falou lady Tressilian. – Tudo o que eu poderia fazer já fiz ao receber aquela criatura de unhas vermelhas aqui.

– Ela é a esposa de Nevile.

– Exatamente. Por esse motivo achei que Matthew gostaria que ela fosse recebida nesta casa. Ele se dedicou ao menino e sempre desejou que visse esta casa como um lar. Como uma recusa em recebê-la representaria uma ruptura declarada, cedi e a convidei para vir aqui. Não gosto dela. É a mulher errada para Nevile – uma mulher sem berço, sem raízes!

– Ela é muito bem-nascida – disse Mary, conciliadora.

– Péssima estirpe – disse lady Tressilian. – Como já lhe contei, o pai teve que sair de todos os clubes depois daquele problema no jogo de cartas. Felizmente, morreu logo em seguida. E a mãe era famosa na Riviera. Que educação para a menina! Sempre morando em hotéis... e com aquela mãe! Aí conheceu Nevile nas quadras de tênis, empenhou-se em conquistá-lo e não descansou enquanto ele não abandonou a mulher, de quem ele gostava muito e acabou deixando de gostar. Para mim, ela é a culpada de tudo!

Mary sorriu, tímida. Lady Tressilian tinha a característica antiquada de sempre culpar a mulher e ser indulgente com o homem.

– A rigor, creio que Nevile tenha sido igualmente culpado – sugeriu.

– Nevile teve muita culpa – concordou lady Tressilian. – Tinha uma esposa encantadora que sempre se dedicou a ele... talvez tenha sido até dedicada demais. No entanto, não fosse a insistência dessa moça, estou convencida de que ele teria tido mais juízo. Mas ela estava decidida a se casar com ele! Sim, sou totalmente solidária à Audrey. Gosto muito dela.

Mary suspirou.

– Tem sido muito difícil – desabafou.

– Sim, de fato. Qualquer pessoa fica perdida, sem saber como agir nessas situações. Como eu, Matthew adorava a Audrey, e não se pode negar que ela era uma ótima esposa para Nevile, embora tenha sido uma pena não compartilhar mais as atividades do marido. Ela nunca foi do tipo esportivo; era tudo muito penoso. Quando eu era jovem, essas coisas simplesmente não aconteciam. É claro que os homens tinham os seus casos, mas não se admitia que rompessem por completo com o casamento.

– Bom, agora acontecem – falou Mary bruscamente.

– Exato. Você tem muito bom senso, querida. De nada adianta ficar relembrando o passado. Hoje essas coisas acontecem. Moças como Kay Mortimer roubam os maridos de outras mulheres e ninguém pensa mal delas.

– Exceto pessoas como você, Camilla.

– O que eu penso não faz a menor diferença. Essa criatura, a Kay, não se importa se eu a aprovo ou não. Está ocupada demais se divertindo. Nevile pode trazê-la quando vier, e estou até disposta a receber seus amigos, apesar de não gostar muito daquele jovem de ar teatral que está sempre com ela. Como é mesmo o nome dele?

– Ted Latimer?

– É este mesmo. Um amigo dos seus dias de Riviera. Até gostaria muito de saber como ele consegue viver da maneira como vive.

– Vive da sua própria astúcia – sugeriu Mary.

– Isso seria até perdoável. Entretanto, imagino que viva de sua aparência. Não é um amigo adequado à esposa de Nevile! No último verão, não gostei da forma como apareceu e ficou no Hotel Easterhead Bay enquanto os Nevile estavam aqui.

Mary olhou pela janela. A casa de lady Tressilian ficava em um penhasco íngreme, com vista para o rio Tern. No outro lado do rio ficava o recém-construído resort de verão de Easterhead Bay, que consistia de uma imensa praia, um conjunto de modernos bangalôs e um grande hotel num pontal com vista para o mar. Saltcreek era na verdade uma pitoresca e isolada vila de pesca, situada na encosta de um morro. Era uma vila antiquada e conservadora, que nutria um profundo desprezo por Easterhead Bay e seus hóspedes de verão.

O Hotel Easterhead Bay ficava praticamente em frente à casa de lady Tressilian, e Mary olhava na direção da estreita faixa de água onde ele se erguia com toda a sua flagrante inovação.

– Fico grata – disse lady Tressilian fechando os olhos – por Matthew não ter chegado a ver essa construção vulgar. O contorno da costa ainda estava muito preservado na época dele.

Sir Matthew e lady Tressilian haviam chegado a Gull's Point há trinta anos. Passaram-se nove anos desde que sir Matthew, um navegador aficionado, havia se afogado praticamente na frente da esposa quando seu barco virou.

Todos imaginaram que lady Tressilian venderia Gull's Point e deixaria Saltcreek. Ela, porém, não o fez. Continuou vivendo na casa, e sua única reação foi desfazer-se de todos os barcos e acabar com a casa onde eram guardados. Não havia barcos disponíveis para os hóspedes em Gull's Point, logo estes tinham que caminhar até o cais e alugá-los de algum dos barqueiros de lá.

Hesitando um pouco, Mary perguntou:

– Devo então escrever para Nevile e dizer-lhe que seu propósito não está de acordo com nossos planos?

– Sem dúvida, nem sonho em impedir a visita da Audrey. Ela sempre vem em setembro e não pedirei a ela que mude os planos.

Mary falou, olhando a carta:

– A senhora viu aqui que Nevile fala que Audrey aprova a ideia e está disposta a se encontrar com Kay?

– Simplesmente não acredito nisso – disse lady Tressilian. – Como todos os homens, Nevile acredita no que quer acreditar!

Mary insistiu:

– Ele afirma que conversou de fato com ela sobre o assunto.

– Que coisa mais estranha! Não, talvez no fundo nem seja verdade.

Mary olhou-a curiosa:

– Como Henrique VIII – disse lady Tressilian.

Mary olhou-a intrigada.

Lady Tressilian explicou o seu comentário:

– Coisas da consciência, sabe? Henrique VIII estava sempre tentando fazer com que Catarina concordasse com o divórcio. Nevile sabe que agiu mal e quer ficar em paz com relação a tudo isso. Para tanto, está tentando obrigar Audrey a dizer que está tudo muito bem, que virá encontrar-se com Kay e que nada disso a incomoda.

– Estava pensando... – Mary falou devagar.

– Em que você está pensando, minha querida?

– Estava pensando... – parou, depois prosseguiu. – Essa carta nem parece ser de Nevile! A senhora não acha que, por algum motivo, Audrey possa desejar isso, esse encontro?

– Por que desejaria? – perguntou lady Tressilian com firmeza. – Depois que Nevile a deixou, ela foi para a casa da tia, a sra. Royde, na Residência Paroquial, e teve um esgotamento nervoso. Passou a ser como uma sombra do que era. É óbvio que aquilo a atingiu terrivelmente. Ela é dessas pessoas tranquilas, contidas que, no entanto, sentem as coisas de uma maneira intensa.

Mary mexeu-se inquieta.

– Sim, ela é sensível. Uma moça estranha em vários aspectos...

– Ela sofreu muito... Depois veio o divórcio, Nevile casou-se com a moça e, aos poucos, Audrey começou a superar. Hoje ela voltou a ser mais ou menos o que era. Não venham me dizer que agora ela quer remexer as velhas recordações!

Mary disse com leve teimosia:

– Nevile afirma que sim.

A velha senhora olhou-a com curiosidade:

– Você está obstinada demais com esse assunto, Mary. Por quê? Você quer que venham todos juntos para cá?

Mary Aldin corou.

– Não, claro que não.

Lady Tressilian perguntou sem rodeios:

– Não é *você* que anda sugerindo essas coisas a Nevile, não é?

– Como a senhora pode imaginar algo tão absurdo?

– Bem, nem por um minuto acreditei que isso seja ideia dele. Não é próprio do Nevile – hesitou por um instante, depois seu rosto se iluminou. – Amanhã é 1º de maio, não é? Bom, no dia 3 Audrey virá para ficar na casa dos Darlingtons em Esbank. Fica a pouco mais de trinta quilômetros daqui. Escreva convidando-a para almoçar conosco.

5 de maio

– A sra. Strange, senhora.

Audrey Strange entrou e atravessou o amplo quarto até a imensa cama. Abaixou-se, beijou a velha senhora e sentou-se na cadeira que lhe fora reservada.

– Prazer em vê-la, minha querida – disse lady Tressilian.

– O prazer é meu – disse Audrey.

Audrey Strange tinha algo de intangível. Tinha estatura mediana e pés e mãos muito pequenos; os cabelos loiros acinzentados e o rosto com poucas cores. Os olhos eram de um tom cinza claro e bem separados. Tinha traços finos e delicados e um nariz pequeno que combinava com o rostinho oval e pálido. Com tal colorido, com um rosto bonito, porém não lindo, tinha, no entanto, algo que não poderia ser contestado e que sempre atraía os olhares. Ela era um pouco como um fantasma, mas ao mesmo tempo sentia-se que aquele fantasma possuía uma existência mais real do que um ser humano vivo...

Sua voz era excepcionalmente bela, suave e clara como um sininho de prata.

Durante alguns minutos ela e a velha senhora conversaram sobre os amigos em comum e os acontecimentos da atualidade. Depois disso, lady Tressilian falou:

– Além do prazer de vê-la, minha querida, convidei-a para vir aqui porque recebi uma carta um tanto curiosa de Nevile.

Audrey olhou-a. Tinha os olhos arregalados, tranquilos e calmos. Falou:

– É mesmo?

– Ele faz uma sugestão absurda, eu diria, de que ele e Kay venham para cá em setembro. Diz ainda que deseja que você e Kay se tornem amigas, e que você mesma achou muito boa a ideia.

Aguardou um instante. Em seguida Audrey falou com sua voz suave e tranquila:

– A ideia é tão absurda assim?

– Minha querida, você quer mesmo que isto aconteça?

Audrey ficou em silêncio outra vez por um minuto ou dois. Depois disse gentilmente:

– Sabe, acho que até poderia ser bom.

– Você quer mesmo se encontrar com esta... encontrar com Kay?

– Acho, Camilla, que isso poderia simplificar as coisas.

– Simplificar as coisas! – repetiu lady Tressilian desalentada.

Audrey falou em um tom afetuoso:

– Querida Camilla, você tem sido tão boa. Se Nevile deseja assim...

– Não importa o que Nevile deseja! – disse lady Tressilian energicamente. – O que interessa é saber o que você quer.

O rosto de Audrey ganhou um pouco de cor – era o brilho suave de uma concha do mar.

– Sim – disse ela. – É o que eu quero.

– Bem... – disse lady Tressilian.

Ela se conteve.

– É claro, a decisão é sua – falou Audrey. – A casa é sua e...

Lady Tressilian fechou os olhos.

– Estou velha – disse. – Não entendo mais nada.

– Mas, naturalmente, posso vir em outro momento... Qualquer época ficará bem para mim.

– Você virá em setembro como faz todos os anos – retrucou lady Tressilian um pouco áspera. – Nevile e Kay virão também. Posso ser velha, mas consigo me adaptar, creio, tanto quanto qualquer pessoa às mudanças da vida moderna. Não precisamos dizer mais nada. Está decidido.

Fechou os olhos outra vez. Um instante depois, com as pálpebras semicerradas, olhando para a jovem sentada ao seu lado, perguntou:

– Bom, conseguiu o que queria?

Audrey sobressaltou-se.

– Ah! Sim, sim. Obrigada.

– Minha querida – lady Tressilian falou com a voz carregada de preocupação –, tem certeza de que isso não vai magoá-la? Você gostava demais de Nevile. Esse encontro poderá reabrir velhas feridas.

Audrey olhava para as mãos cobertas pelas luvas. Lady Tressilian notou que uma delas segurava com força a lateral da cama.

Audrey levantou a cabeça. Seus olhos estavam calmos e imperturbáveis.

– Agora tudo já passou. Passou mesmo – disse.

Lady Tressilian recostou-se com mais força nos travesseiros.

– Bom, você é quem sabe. Estou cansada... você deve ir agora, minha querida. Mary a espera lá embaixo. Diga a ela que mande Barrett subir aqui.

Barrett era sua criada mais antiga e devotada.

Ela entrou e encontrou a patroa recostada, com os olhos fechados.

– Quanto antes eu me vá deste mundo, melhor, Barrett. Não compreendo mais as pessoas ou as coisas por aqui.

– Ah! Não diga isso. A senhora está apenas cansada.

– Sim, estou cansada. Tire esse edredom dos meus pés e me dê uma dose do meu tônico.

– Foi a vinda da sra. Strange que a aborreceu. É uma senhora agradável, mas diria que ela bem que precisaria de um tônico. Ela não é saudável. Parece estar sempre vendo coisas que os outros não veem. Mas tem muita personalidade. E sua presença é marcante, como a senhora diria.

– É a pura verdade, Barrett – disse lady Tressilian. – Sim, a pura verdade.

– E ainda é o tipo de pessoa de quem não se esquece facilmente. Às vezes fico me perguntando se o sr. Nevile não pensa nela de vez em quando. A nova sra. Strange é muito bonita – realmente muito bonita –, mas a srta. Audrey é do tipo que se faz lembrar quando não está por perto.

Lady Tressilian disse com uma risada repentina:

– Nevile é um tolo em querer reunir essas duas mulheres. É ele quem vai se arrepender.

29 de maio

Com o cachimbo na boca, Thomas Royde observava a agilidade com que o garoto malaio arrumava a sua bagagem. De vez em quando seu olhar se desviava para as plantações. Por uns seis meses não veria aquela paisagem que nos últimos sete anos lhe fora tão familiar.

Seria estranho voltar para a Inglaterra.

Allen Drake, seu companheiro, apareceu na porta.

– Olá, Thomas, como está indo?

– Já está tudo pronto.

– Venha tomar um drinque, seu danado sortudo. Estou me consumindo de inveja.

Thomas Royde saiu lentamente do quarto e juntou-se ao amigo. Não disse nada, pois era um homem peculiarmente econômico com as palavras. Seus amigos aprenderam a avaliar com precisão as suas reações pela natureza dos seus silêncios.

Tinha o corpo um tanto atarracado, um rosto franco e sério e olhos observadores e pensativos. Caminhava meio de lado, como um caranguejo, em decorrência de um acidente que sofrera quando acabou sendo esmagado por uma porta durante um terremoto, o que mais tarde contribuiu para o apelido de Caranguejo Eremita. O ombro e o braço direitos haviam ficado parcialmente paralisados, o que, somado à rigidez pouco natural do seu caminhar, muitas vezes levava as pessoas a imaginarem que ele fosse tímido e constrangido quando, na verdade, raramente se sentia assim.

Allen Drake preparou os drinques.

– Bem... – disse ele. – Boa caçada!

Royde murmurou algo como um "ahn, hum".

Drake olhou-o com curiosidade.

– Fleumático como sempre – comentou. – Não sei como você consegue. Há quanto tempo você está longe de casa?

– Sete anos, quase oito.

– É muito tempo. Fico me perguntando se você já não passou a ser totalmente nativo.

– É possível.

– Você sempre pertenceu mais ao mundo animal do que à espécie humana. Você planejou essa saída?

– Bom... Sim. Em parte.

Seu rosto firme e impassível de repente se tingiu de um vermelho intenso.

Allen Drake disse com espanto:

– Acho que há uma garota nisso aí! Nossa! Você ficou vermelho!

Thomas Royde reagiu num tom um tanto áspero:

– Não seja tolo.

E tragou com força o velho cachimbo.

Quebrou todos os recordes anteriores ao continuar ele mesmo a conversa.

– É provável – disse – que encontre as coisas um pouco mudadas.

Allen Drake perguntou curioso:

– Sempre quis saber por que você desistiu de ir para casa na última vez. E bem no último minuto, também.

Royde encolheu os ombros.

– Achei que aquela caçada poderia ser interessante. E, naquela altura, já tinha recebido más notícias de casa.

– Sim, é claro. Tinha esquecido. Seu irmão morreu naquele acidente de carro.

Thomas Royde confirmou.

Drake refletiu e concluiu que, mesmo assim, parecia um motivo curioso para se cancelar uma viagem para casa. Havia a mãe e, achava ele, também uma irmã. Sem dúvida, num momento desses – e então se lembrou de uma coisa. Thomas havia cancelado a passagem antes de receber a notícia da morte do irmão.

Allen olhou desconfiado para o amigo. "Surpreendente, o velho Thomas?"

Após um lapso de três anos, não havia problema perguntar:

– Você e seu irmão eram bons amigos?

– Adrian e eu? Não especialmente. Cada um sempre teve a sua própria vida. Ele era advogado.

"Sim", pensou Drake, "uma vida muito diferente. Escritórios em Londres, festas – uma vida ganha pelo uso perspicaz da palavra."

Concluiu que Adrian Royde devia ter sido um sujeito muito diferente do velho e calado Thomas.

– Sua mãe ainda vive, não?

– Minha mãe? Sim.

– Lembro que você tinha também uma irmã.

Thomas abanou a cabeça.

– Ah, pensei que tivesse. Naquela foto...

Royde murmurou:

– Não é minha irmã. É uma prima distante ou algo assim. Ela foi criada conosco porque era órfã.

Mais uma vez o seu rosto bronzeado foi inundado por uma leve onda de cor.

Drake pensou "humm...". Perguntou:

– Ela é casada?

– Ela foi. Era casada com aquele tal de Nevile Strange.

– Aquele que joga tênis e tudo mais?

– Sim. Ela se divorciou dele.

"E você vai para casa tentar a sua sorte com ela", pensou Drake. E piedosamente mudou de assunto.

– Está pensando em ir pescar ou caçar?

– Vou para casa, primeiro. Depois pensei em velejar um pouco em Saltcreek.

– Conheço. É um lugarzinho encantador e tem um hotel antigo bem agradável.

– Sim, o Balmoral Court. É onde devo ficar, ou talvez fique com uns amigos que têm uma casa lá.

– Parece ótimo.

– Ah... Saltcreek é um lugar agradável e sossegado. Ninguém para incomodar.

– Eu sei – disse Drake. – O tipo de lugar onde nunca acontece nada.

29 de maio

– É realmente muitíssimo irritante – disse o velho sr. Treves. – Já faz 25 anos que me hospedo no Hotel Marine, em Leahead. E agora, imagine, o lugar está sendo demolido para uma reforma. Vão ampliar a parte da frente ou qualquer bobagem do tipo. Por que não deixam em paz esses lugares litorâneos? Leahead sempre teve um encanto todo peculiar... regência, puro estilo regência.

Lorde Rufus disse, consolador:

– Mesmo assim, suponho que existam outros lugares onde ficar, não?

– Acho que não poderei mesmo ir para Leahead. No Marine, a sra. Mackay entendia muito bem as minhas necessidades. Todo ano eu ficava no mesmo quarto, e dificilmente havia mudanças no serviço do hotel. A comida era excelente – de fato excelente.

– E quem sabe Saltcreek? Há um hotel antigo e muito agradável por lá – o Balmoral Court. Quem toma conta do lugar é um casal de sobrenome Rogers. Ela foi cozinheira do velho lorde Mounthead. Ele oferecia os melhores jantares de Londres. Ela se casou com o mordomo e eles agora administram esse hotel. Parece ser o lugar perfeito para você... tranquilo, sem bandas de jazz, com cozinha e serviço de primeira.

– É uma ideia. Certamente é uma ideia. Sabe se há algum terraço coberto?

– Sim. Há uma varanda coberta e, mais adiante, um terraço. Pode-se ficar ao sol ou na sombra, como preferir. Se quiser, posso também fazer uma carta de apresentação sua para alguns moradores da região. Há a velha lady Tressilian, que mora ali perto. Tem uma bela casa, e ela própria é uma mulher encantadora, apesar de estar praticamente inválida.

– Você se refere à viúva do juiz?

– Sim, ela mesma.

– Eu conhecia Matthew Tressilian, e acho que a conheci. Uma mulher encantadora, mas é claro que isso foi há muito tempo. Saltcreek não fica perto de St. Loo? Tenho vários amigos naquele lugar. Sabe, acho mesmo que Saltcreek é uma ótima ideia! Vou escrever e pedir mais detalhes. Quero ir em meados de agosto – de meados de agosto até meados de setembro. Imagino que tenha garagem para o carro e acomodação para o meu motorista, não?

– Ah, sim. É um lugar perfeitamente moderno.

– Porque, como você sabe, preciso ter muito cuidado com subidas. Prefiro quartos no andar térreo, embora imagino que tenham elevador.

– Ah, sim, há tudo isso.

– É – disse o sr. Treves –, parece que resolveria o meu problema perfeitamente. E seria um prazer reencontrar lady Tressilian.

28 de julho

Kay Strange, de short e suéter amarelo, estava inclinada assistindo ao jogo de tênis. Era a semifinal individual masculina do torneio de St. Loo. Nevile jogava com o jovem Merrick, considerado uma revelação e futuro astro no mundo do tênis. Sua genialidade era inegável, e alguns dos seus saques eram absolutamente indefensáveis. Porém, volta e meia passava por maus pedaços quando a experiência e a habilidade do jogador mais velho conseguiam vencê-lo.

O placar estava empatado em 3 a 3 no último set.

Ted Latimer deslizou na cadeira ao lado de Kay e observou com a voz manhosa e irônica:

– A esposa devotada assiste ao marido lutar pela vitória!

Kay sobressaltou-se:

– Você me assustou! Não sabia que estava aí.

– Sempre estou. E isso você já deveria saber.

Ted Latimer tinha 25 anos e era extremamente bonito, embora os velhos coronéis não nutrissem a menor simpatia e costumassem se referir a ele como: "O jeito latino!".

Moreno, exibia um lindo bronzeado e era ótimo dançarino.

Seus olhos escuros conseguiam ser muito expressivos, e controlava a voz com a segurança de um ator. Kay o conhecia desde os quinze anos. Haviam tomado banho de sol, dançado e jogado juntos em Juan les Pins. Não eram apenas amigos, mas aliados.

O jovem Merrick estava sacando do lado esquerdo da quadra. A devolução de Nevile foi indefensável, uma jogada fantástica no fundo da quadra.

– O *backhand* do Nevile é bom – disse Ted. – É melhor do que o *forehand*. O *backhand* é o ponto fraco do Merrick, e Nevile sabe disso. Ele vai atacá-lo assim de todas as formas que conseguir.

Terminou o game: "*Strange vai vencendo por 4 a 3*".

Nevile confirmou o serviço no game seguinte. O jovem Merrick batia a bola para fora da quadra descontroladamente.

– *Cinco a três.*

– Nevile tem uma boa chance agora – falou Latimer.

Na sequência o jovem recuperou a calma. Passou a jogar com mais cautela e conseguia variar bem o ritmo de suas jogadas.

– Ele tem cabeça – disse Ted. – E seu trabalho de pés é de primeira. Vai ser uma batalha.

Aos poucos, o garoto conseguiu empatar em 5 a 5. Chegaram a 7 a 7 e por fim Merrick venceu a partida por 9 a 7.

Sorrindo e balançando a cabeça com pesar, Nevile foi até a rede para cumprimentar Merrick.

– A juventude fez a diferença: 19 a 33 – disse Ted Latimer. – Mas posso lhe dizer, Kay, o motivo pelo qual Nevile nunca alcançou o nível dos grandes campeões. É um bom perdedor.

– Isso é bobagem.

– Não é bobagem. Nevile, maldito seja, sempre se porta como um grande desportista. Nunca o vi perder a cabeça por perder uma partida.

– É claro que não – disse Kay. – As pessoas não agem dessa forma.

– Ah! É claro que sim! Todos nós já vimos essas cenas. Grandes estrelas do tênis que perdem o controle e praguejam com palavrões a cada vantagem. Mas nunca o velho Nevile. Este está sempre pronto para aceitar o resultado e sorrir; deixar que vença o melhor e tudo mais. Nossa, como eu odeio essa mentalidade de escola pública! Graças a Deus que nunca estudei em nenhuma!

Kay virou a cabeça.

– Você está sendo muito malvado, hein?

– Sim, totalmente felino!

– Gostaria que não deixasse tão claro que não gosta de Nevile.

– E por que gostaria dele? Ele roubou a minha garota.

Seus olhos se fixaram nela demoradamente.

– Eu não era a sua garota. As circunstâncias impediam.

– Isso mesmo. Nenhum de nós dois tem um tostão sequer.

– Cale a boca! Eu me apaixonei pelo Nevile e me casei com ele...

– E ele é um bom companheiro; é o que todos dizem!

Kay virou a cabeça ao perguntar:

– Está tentando me aborrecer?

Ele sorriu e ela imediatamente correspondeu ao sorriso.

– Como está indo esse verão, Kay?

– Mais ou menos. Fiz uma viagem de iate deliciosa. Já estou bem cansada desse negócio de jogo de tênis.

– E quanto tempo ainda vai levar isso? Mais um mês?

– Sim. Depois, em setembro, passaremos quinze dias em Gull's Point.

– Estarei no Hotel Easterhead Bay – disse Ted. – Já fiz a minha reserva.

– Vai ser muito agradável! – disse Kay. – Nevile e eu, a ex-mulher dele e um fazendeiro malaio que vem de férias para casa.

– Parece divertido.

– E, é claro, a prima desengonçada. Sempre serviçal na volta daquela velha desagradável – o que não fará a menor diferença, pois o dinheiro ficará para mim e para Nevile.

– É possível que ela não saiba disso – disse Ted.

– Seria muito engraçado – disse Kay.

Ela falou distraída. Olhou para a raquete que estava girando nas mãos. Prendeu a respiração de repente.

– Ah, Ted!

– O que houve, querida?

– Não sei. Às vezes fico paralisada. Fico com medo e me sinto estranha.

– Nem parece você, Kay.

– Não pareço, não é? Bom, de qualquer maneira – ela sorriu hesitante –, você estará no Hotel Easterhead Bay.

– Conforme o previsto.

Quando Kay encontrou Nevile na saída dos vestiários, ele falou:

– Vejo que seu amigo chegou.

– Ted?

– Sim, o cão fiel. Ou talvez fosse mais adequado dizer o lagarto fiel.

– Você não gosta dele, não é?

– Ah, ele não me incomoda! Se você se diverte em puxá-lo pela coleira por aí...

Ele encolheu os ombros.

Kay falou:

– Acho que você está com ciúme.

– De Latimer? – Seu espanto era autêntico.

– Todos acham Ted um homem muito atraente – disse ela.

– Tenho certeza que sim. Ele tem aquele charme manso latino-americano.

– Você está com ciúmes.

Nevile apertou suavemente o braço de Kay.

– Não, não estou, minha linda. Você pode ter os seus admiradores inofensivos: uma corte inteirinha deles, se quiser. Sou eu quem tem a posse, e a posse é o que garante a lei.

– Você está muito seguro de si – disse Kay fazendo beicinho, mostrando-se um pouco aborrecida.

– É claro. Você e eu somos predestinados. O destino nos uniu. Lembra-se do nosso encontro em Cannes? Eu estava indo para o Estoril e, de repente, ao chegar lá, a primeira pessoa que vi foi a adorável Kay. Soube naquele momento que era coisa do destino – e que não poderia escapar.

– Não foi exatamente o destino – falou ela. – Fui eu!

– Como assim "fui eu"?

– Porque fui eu! Ouvi você dizer em Cannes que ia para o Estoril, então apressei minha mãe e logo ela estava pronta. Foi por isso que a primeira pessoa que você encontrou lá foi a Kay.

Nevile olhou-a com uma expressão um tanto curiosa. Falou devagar:

– Você nunca me contou isso antes.

– Não, porque não seria bom para você. Você poderia ficar convencido! Mas sempre fui boa em planejar. As coisas não acontecem a menos que você faça com que elas aconteçam! Às vezes você me chama de tola, mas, à minha maneira, sou até bem esperta. Faço com que as coisas aconteçam. Muitas vezes preciso planejar com bastante antecedência.

– O trabalho intelectual deve ser intenso.

– Tudo bem, pode rir.

Nevile falou com uma curiosa e repentina amargura:

– Será que só agora estou começando a conhecer a mulher com quem me casei? Onde diz destino, leia-se Kay!

– Você não ficou zangado, ficou?

Ele respondeu, um tanto distraído:

– Não, não. É claro que não. Só estava pensando...

10 de agosto

Lorde Cornelly, aquele nobre rico e excêntrico, estava sentado diante da imponente escrivaninha que era seu orgulho e satisfação. Havia sido projetada para ele a um custo imenso, e toda a mobília da sala ficara submetida a ela. O efeito era ótimo e apenas levemente desfigurado pelo inevitável acréscimo do próprio lorde Cornelly, um homenzinho insignificante e rotundo completamente ofuscado pela magnificência da escrivaninha.

A secretária loira entrou neste cenário de esplendor, também em harmonia com a luxuosa mobília.

Deslizando silenciosa pela sala, pôs um pedaço de papel diante do grande homem.

Lorde Cornelly perscrutou o papel.

– MacWhirter? MacWhirter? Quem é? Nunca ouvi falar dele. Ele tem hora marcada?

A secretária loira indicou que sim.

– MacWhirter, hum? Ah! MacWhirter! Aquele camarada! É claro. Mande-o entrar. Mande-o entrar de uma vez.

Lorde Cornelly riu com alegria. Estava num dia de ótimo humor.

Jogando o corpo pra trás na cadeira, olhou para o rosto sério e severo do homem que havia convocado para uma entrevista.

– Você é MacWhirter, não é? Angus MacWhirter?

– É o meu nome.

MacWhirter falou duramente, permanecendo em pé, sério e ereto.

– Você trabalhava com Herbert Clay? Está correto, não?

– Sim.

Lorde Cornelly começou a dar risada outra vez.

– Sei tudo sobre você. Apreenderam a carteira de habilitação de Clay, e tudo porque você não quis respaldá-lo jurando que ele ia a pouco mais de trinta quilômetros por hora! Ele estava furioso! – A risada aumentou. – Ele nos contou lá no Savoy Grill. "Aquele maldito escocês teimoso!" Foi o que ele disse! – E seguiu falando. – Sabe o que eu fiquei pensando?

– Não faço a menor ideia.

O tom de voz de MacWhirter era repressivo. Lorde Cornelly não tomou conhecimento. Estava gostando da lembrança das suas próprias reações.

– Pensei comigo mesmo: "É bem o tipo de sujeito que eu preciso! Um homem que não aceita ser subornado para mentir". Por mim, você não precisará mentir. Não trabalho dessa forma. Ando o mundo todo atrás de homens honestos... e há tão poucos!

O nobre baixinho gargalhou com uma risada estridente, seu rosto sagaz se enrugou com o riso. MacWhirter permaneceu firme, sem achar graça.

Lorde Cornelly parou de rir. Seu rosto voltou a ficar sagaz e atento.

– Se você quer emprego, MacWhirter, tenho um para você.

– Eu bem que preciso de um emprego – falou MacWhirter.

– É um emprego importante e que só pode ser concedido a um homem que tenha boas qualificações – e você as tem, sei disso por experiência própria. E a um homem em quem possa ter confiança – total confiança.

Lorde Cornelly esperou um instante. MacWhirter não disse nada.

– Bom, meu caro, posso confiar em você totalmente?

MacWhirter falou secamente:

– O senhor não tem como saber disso apenas por me ouvir dizer que "sim, é claro que pode confiar".

Lorde Cornelly riu.

– É isso. Você é o homem que eu procurava. Já conhece a América do Sul?

Explicou os detalhes sobre o trabalho. Meia hora depois, MacWhirter encontrava-se na calçada, um homem que conseguira um trabalho interessante e extremamente bem pago; um emprego com boas perspectivas de futuro.

O destino, após olhá-lo carrancudo, decidira sorrir para ele. Mas ele não estava disposto a retribuir o sorriso.

Não estava exultante, embora a lembrança da entrevista tenha conseguido deleitar implacavelmente o seu estado de espírito. Havia uma rigorosa justiça poética no fato de terem sido justamente as diatribes do antigo patrão contra ele que o tenham feito conseguir esse progresso profissional!

Era um homem de sorte, pensou. Não que se importasse! Estava disposto a dedicar-se à tarefa de viver, não com entusiasmo, nem mesmo com prazer, mas com o espírito de viver um cotidiano metódico. Há sete meses havia tentado tirar a própria vida; nada além do acaso o havia impedido, embora ele não lhe fosse especialmente grato. A verdade é que agora não estava disposto a se matar. Aquela fase havia passado para sempre. Ninguém poderia – admitiu ele – tirar a própria vida a sangue frio. Foram necessários alguns incentivos extras de aflição, dor, desespero e sofrimento. Ninguém poderia cometer suicídio pelo simples fato de ter sentido que a vida era um círculo enfadonho de acontecimentos desinteressantes.

No fundo, estava contente por aquele trabalho tirá-lo da Inglaterra. Ele devia ir para a América do Sul no final de setembro. Nas próximas semanas deveria se ocupar de reunir determinados equipamentos e entrar em contato com as ramificações um tanto complicadas do setor.

Haveria, porém, uma semana livre antes que deixasse o país. Ficou imaginando o que poderia fazer naquela semana. Ficar em Londres? Viajar?

Uma ideia despertou meio indefinida na sua mente.

Saltcreek?

– Tenho uma imensa vontade de ir até lá – disse a si mesmo.

"Seria extremamente interessante", pensou.

19 de agosto

– Pronto! Lá se foram as minhas férias – disse o superintendente Battle indignado.

– A sra. Battle ficou desapontada, mas os longos anos como esposa de um policial já a haviam preparado para encarar esses contratempos com serenidade.

– Bem, não há o que se possa fazer – disse ela. – Suponho que seja um caso interessante.

– Não a ponto de interessá-la – disse o superintendente Battle. – O Ministério de Relações Exteriores está em pânico – todos aqueles jovens altos e esbeltos correndo de um lado pro outro dizendo "Calma! Calma!". Mas tudo será facilmente esclarecido e conseguiremos resolver tudo. Não é, porém, o tipo de caso que incluiria em minhas memórias, supondo-se que um dia fosse tolo o suficiente para escrevê-las.

– Imagino que possamos adiar as nossas férias... – começou a sra. Battle hesitante, quando o marido a interrompeu determinado.

– De jeito nenhum. Você e as meninas vão para Britlington. Os quartos estão reservados desde março, seria uma pena desperdiçá-los. Quando tudo estiver resolvido, irei passar uma semana com Jim.

Jim, inspetor James Leach, era sobrinho do superintendente Battle.

– Saltington fica bem perto de Easterhead Bay e Saltcreek – continuou. – Posso respirar um pouco do ar do mar e aproveitar para mergulhar na água salgada.

A sra. Battle torceu o nariz.

– O mais provável é que ele o induza a ajudá-lo com algum caso!

– Não há casos nesta época do ano, a menos que apareça uma mulher que tenha roubado meia dúzia de ninharias no Woolworth. E, de qualquer forma, Jim está muito bem. Não precisa de artimanhas.

– Ah, bom! – disse a sra. Battle. – Creio que dará tudo certo, só fiquei decepcionada.

– Essas coisas acontecem para nos testar – assegurou o superintendente Battle.

I

Quando desceu do trem, Thomas Royde encontrou Mary Aldin, que o aguardava na plataforma de Saltington.

Tinha apenas uma vaga lembrança dela, e agora, revendo-a, percebeu com muita surpresa a alegria do seu jeito vivo e hábil de lidar com as coisas.

Ela o chamava pelo nome de batismo.

– Que bom revê-lo, Thomas. Depois de todos esses anos.

– É muita gentileza sua me hospedar. Espero não ser um incômodo.

– De forma alguma. Na verdade, é o contrário. Você é especialmente bem-vindo. Aquele é o carregador? Diga-lhe para retirar a bagagem por aqui. Deixei o carro bem lá na ponta.

As malas foram guardadas no Ford. Mary sentou-se à direção e Royde ao seu lado. Logo que arrancaram, Thomas notou que ela era uma boa motorista, hábil, cuidadosa no trânsito e com uma ótima noção das distâncias e dos espaços.

Saltington ficava a pouco mais de onze quilômetros de Saltcreek. Assim que saíram do pequeno centro comercial da cidade e entraram na estrada, Mary Aldin retomou o assunto da visita de Thomas.

– Na verdade, Thomas, a sua visita neste momento será uma dádiva. As coisas estão um pouco complicadas e a presença de alguém estranho, bem, parcialmente estranho, é justo o que precisávamos.

– Qual é o problema?

O seu jeito, como sempre, era indiferente, quase indolente. Pareceu ter perguntado mais por educação do que por ter algum interesse na resposta. Esta postura em especial tranquilizou Mary. Ela precisava falar com alguém urgentemente. Preferia, no entanto, falar com alguém cujos interesses não estivessem tão envolvidos.

Ela disse:

– Bem, estamos com uma situação bastante complicada. Como você talvez já saiba, a Audrey está aqui.

Ela parou interrogativa e Thomas acenou a cabeça concordando.

– Nevile e sua esposa também.

Thomas Royde ergueu as sobrancelhas. Após alguns instantes, falou:

– Um pouco embaraçoso, não?

– É, sim. Foi tudo ideia de Nevile.

Ela ficou em silêncio. Royde não disse nada. E, como se percebesse uma espécie de tendência à incredulidade por parte dele, repetiu categórica:

– Foi mesmo ideia de Nevile.

– Por quê?

Ela levantou as mãos, tirando-as do volante por um momento.

– Ah, uma postura moderna! Todos muito sensatos, juntos e amigos. É esta a ideia. Mas, sabe, não acho que esteja funcionando muito bem.

– É provável que não funcione. Como é a nova esposa? – acrescentou.

– Kay? É bonita, é claro. Realmente muito bonita. E bem jovem.

– E Nevile é apaixonado por ela?

– Ah, sim. Mas, é claro, estão casados há apenas um ano.

Thomas Royde virou a cabeça devagar para olhá-la, com um sorrisinho. Mary precipitou-se dizendo:

– Não foi exatamente isso o que eu quis dizer.

– Ah, Mary. Acho que você quis sim.

– Bom, é impossível não perceber que eles têm muito pouco em comum. Os amigos, por exemplo... – ela parou.

Royde perguntou:

– Ele a conheceu na Riviera, não foi? Não sei muito sobre como tudo aconteceu. Tudo o que sei são fatos isolados que minha mãe me contou quando me escreveu.

– Sim, encontraram-se pela primeira vez em Cannes. Nevile ficou atraído por ela, mas creio que isso já tenha acontecido antes... porém, de uma forma inofensiva. Ainda acho que se fosse só por ele não teria dado em nada. Como você sabe, ele era louco pela Audrey.

Thomas fez que sim com a cabeça.

Mary continuou:

– Não acredito que ele quisesse mesmo se separar. Tenho certeza que não. A moça, porém, estava totalmente decidida. Não descansou enquanto não fez com que ele deixasse a esposa. E o que acontece com os homens em circunstâncias como essa? Sentem-se lisonjeados, é natural.

– E ela estava apaixonadíssima por ele?

– Imagino que sim.

O tom de voz de Mary aparentava dúvida. Ela enrubesceu ao perceber o olhar interrogativo de Royde.

– Como sou maldosa! Há um jovem bonitão com jeito de gigolô que está sempre por perto. É um velho amigo dela. E às vezes não posso deixar de me perguntar se o fato de Nevile ser um homem rico, importante e tudo mais não teve nada a ver com isso. E devo acrescentar que ela não tinha um tostão.

Fez uma pausa parecendo um pouco envergonhada. Pensativo, Thomas Royde apenas murmurou “Hum! Hum!”.

– De qualquer maneira – disse Mary –, talvez seja pura maldade minha! A moça é o que se pode chamar de deslumbrante, e talvez isto desperte os instintos felinos de solteironas de meia-idade.

Royde olhou-a com atenção, porém não se podia identificar nenhuma reação no seu rosto impassível. Após alguns minutos, ele falou:

– Mas qual é exatamente o problema em questão?

– Sabe, na verdade, não tenho a menor ideia! É isso que é tão estranho. É claro que consultamos Audrey primeiro, e ela não demonstrou se opor a encontrar com Kay. Foi encantadora com relação a isso tudo. E tem sido encantadora. Ninguém poderia ter sido mais gentil. Audrey, é claro, é sempre muito correta em tudo o que faz. Sua postura é perfeita com relação ao casal. Ela é muito reservada, como você sabe, e nunca se tem ideia do que de fato está pensando ou sentindo. Mas, para falar a verdade, não acredito que ela não se incomode em absoluto.

– Não vejo motivo para se sentir incomodada – disse Thomas. – Afinal, já se passaram três anos – acrescentou um pouco depois.

– Será que pessoas como Audrey esquecem? Ela era louca pelo Nevile.

Thomas Royde mudou de posição no banco do carro.

– Ela tem só 32 anos. Tem toda uma vida pela frente.

– Sim, eu sei. Mas foi realmente muito difícil. Sabe, ela teve um colapso nervoso bem grave.

– Eu sei. Minha mãe me escreveu contando.

– De certa forma – disse Mary –, foi até bom para a sua mãe ter que cuidar da Audrey. Fez com que ela se desligasse um pouco do próprio sofrimento pela morte do seu irmão. Sentimos muito pelo que aconteceu.

– Eu sei. Pobre Adrian. Sempre dirigia em alta velocidade.

Houve um silêncio. Mary esticou o braço para fora sinalizando que iria dobrar e pegar o caminho para Saltcreek.

Logo após, enquanto desciam pela estrada estreita e cheia de curvas, perguntou:

– Thomas, você conhece bem a Audrey?

– Mais ou menos. Não estive muito com ela nos últimos dez anos.

– Não, mas você a conheceu quando criança. Era como uma irmã para você e Adrian, não?

Ele balançou a cabeça, concordando.

– Ela... ela tinha algum tipo de desequilíbrio emocional? Não, não quero que você tenha uma ideia equivocada do que estou querendo dizer. Mas hoje em dia tenho impressão de que há algo de muito errado com ela. Está tão completamente desligada, e aquele seu equilíbrio perfeito é tão pouco natural... às vezes fico tentando imaginar o que está acontecendo por trás daquela fachada. De vez em quando, fico com a sensação de que há uma emoção muito forte mesmo. Mas realmente não sei qual é! Só sei que ela não está normal. Há alguma coisa estranha! E fico preocupada. Bem sei que há alguma coisa na atmosfera daquela casa que afeta a todos. Estamos todos nervosos e agitados. Mas não sei o que é. Por vezes, Thomas, fico com medo.

– Com medo? – seu tom arrastado de espanto fez com que ela se acalmasse com um risinho nervoso.

– Parece absurdo... Mas foi isso o que eu quis dizer agora há pouco: a sua chegada será boa para nós, desviará o foco. Pronto, aqui estamos.

Haviam descido pela última curva. Gull's Point ficava em um planalto de pedra com vista para o rio, com penhascos em ambos os lados. Os jardins e a quadra de tênis ficavam à esquerda da casa. A garagem, uma construção mais recente, ficava na verdade do outro lado, junto à estrada.

– Vou guardar o carro e já volto. Hurstall cuidará de você – disse Mary.

Hurstall, o velho mordomo, cumprimentou Thomas com a alegria de um velho amigo.

– Fico muito feliz em vê-lo depois de todos esses anos, sr. Royde. A senhora também ficará. O senhor pode ficar no quarto leste. Creio que encontrará todos no jardim, a menos que queira ir primeiro para o seu quarto.

Thomas acenou com a cabeça. Atravessou a sala de estar e foi até a janela que dava para o terraço. Ficou ali por um algum tempo, observando sem ser visto.

As únicas ocupantes do terraço eram duas mulheres. Uma delas estava sentada no parapeito, olhando o rio. A outra a observava.

A primeira era Audrey – a outra, imaginou ele, devia ser Kay Strange. Sem saber que estava sendo observada, Kay não se deu ao trabalho de disfarçar a expressão no seu rosto. Mesmo não sendo um grande conhecedor das mulheres, Thomas Royde não poderia deixar de notar que Kay Strange detestava Audrey Strange.

Já Audrey olhava o rio e parecia inconsciente ou indiferente à presença da outra.

Havia se passado mais de sete anos desde que Thomas vira Audrey Strange pela última vez. Examinou-a com cuidado. Ela teria mudado? E, se mudou, de que maneira?

Havia sim uma mudança, concluiu. Estava mais magra, mais pálida, com um aspecto geral mais etéreo. Havia, porém, mais alguma coisa, algo que não conseguiu definir exatamente. Era como se ela mantivesse a si própria presa a uma rédea muito firme, controlando cada um dos seus movimentos e, mesmo assim, sempre com extrema consciência de tudo o que se passava a sua volta. Parecia uma pessoa com um segredo a esconder, pensou ele. Mas que segredo? Ele sabia pouco sobre os eventos que lhe sobrevieram nos últimos anos. Havia se preparado para ouvir lamentações e derrotas, no entanto o que via era muito diferente do que imaginara. Ela parecia uma criança que, por segurar com tanta força um tesouro, acaba chamando a atenção para aquilo que deseja esconder.

E então seus olhos se dirigiram para a outra mulher – a moça que era agora a esposa de Nevile Strange. Sim, era linda. Mary Aldin tinha razão. E também perigosa, supôs. Pensou: "Não me agradaria deixá-la perto de Audrey se estivesse com uma faca na mão... E, apesar disso, por que ela odiaria a primeira mulher de Nevile? Já estava tudo terminado. Audrey não participava em nada da vida deles atualmente."

Ouviram-se passos no terraço. Era Nevile saindo da casa. Parecia animado e trazia uma revista.

– Trouxe a *Illustrated Review* – disse ele. – Não consegui a outra...

Em seguida aconteceram duas coisas ao mesmo tempo.

– Ah, que bom, me dê aqui – disse Kay.

E Audrey, sem virar o rosto, estendeu a mão meio distraída.

Nevile ficou parado a meio caminho entre as duas. Seu rosto revelou o embaraço com a situação. Antes que pudesse dizer alguma coisa, Kay levantou a voz com um tom ligeiramente histérico:

– Eu quero a revista. Me dê! Me dê aqui, Nevile!

Audrey Strange sobressaltou-se, virou o rosto, abaixou a mão e murmurou com um leve ar de perplexidade:

– Ah, desculpe. Pensei que estivesse falando comigo, Nevile.

Thomas Royde viu que o rosto de Nevile Strange fora tomado por um tom vermelho intenso. Deu três passos rápidos à frente e entregou a revista a Audrey.

Hesitante e ainda mais constrangida, falou:

– Ah, mas...

Kay empurrou a cadeira com um movimento brusco. Levantou-se, deu meia volta e saiu em direção à porta da sala de visitas. Esbarrou em Royde antes que ele tivesse tempo de se mover.

O choque a fez recuar. Ela o olhou enquanto ele se desculpava. Naquele momento percebeu por que ela não o havia enxergado; seus olhos estavam cheios de lágrimas – lágrimas de raiva, imaginou.

– Olá – disse ela. – Quem é você? Ah, é claro, o homem da Malásia!

– Sim – disse Thomas. – Sou o homem da Malásia.

– Tudo o que pediria a Deus era estar agora na Malásia! – disse Kay. – Em qualquer lugar, menos este. Detesto esta casa repugnante e nojenta! Detesto todos aqui!

Essas cenas dramáticas sempre assustaram Thomas. Olhou para Kay com cautela e murmurou nervoso:

– Hum Hum!

– Se não tiverem cuidado – disse ela –, vou acabar matando alguém! Ou Nevile ou aquela lagarta pálida que está lá fora!

Ela passou apressada roçando nele e saiu da sala batendo a porta.

Thomas Royde permaneceu totalmente imóvel. Não tinha muita certeza do que faria depois disso, mas estava contente que a jovem sra. Strange tivesse ido embora. Ficou ali parado olhando para a porta que ela batera com tanta força. A nova sra. Strange lembrava um gato selvagem.

Apareceu uma sombra na janela quando Nevile Strange parou no vão entre as duas portas-janelas. Estava ofegante.

Cumprimentou Thomas rapidamente:

– Ah... humm... olá, Royde, não sabia que tinha chegado. Viu a minha esposa por aí?

– Ela passou por aqui há um minuto – disse o outro.

Nevile por sua vez saiu da sala de estar. Parecia aborrecido.

Thomas Royde, devagar, saiu pela porta. Caminhava com leveza. Só quando já estava a poucos metros de Audrey foi que ela virou a cabeça.

Ele então pôde ver seus olhos arregalados e sua boca entreaberta. Ela desceu da beirada do terraço e veio em sua direção com os braços estendidos.

– Thomas! – disse ela. – Meu querido Thomas! Estou tão feliz por você estar aqui!

No momento em que segurou as mãozinhas brancas de Audrey e curvou-se diante dela, Mary Aldin chegou até as janelas. Ao ver os dois no terraço, se deteve, ficou observando-os por alguns minutos, depois se afastou devagar e voltou para dentro.

II

No andar de cima, Nevile encontrou Kay no quarto. O único grande quarto de casal da casa era o de lady Tressilian. Os casais sempre se hospedavam nos dois quartos situados no lado oeste da casa, que tinham uma porta de comunicação e um pequeno banheiro. Era uma suíte pequena e isolada.

Nevile passou pelo seu quarto e foi direto ao quarto da esposa. Kay tinha se jogado na cama. Levantando o rosto todo molhado das lágrimas, gritou com raiva:

– Até que enfim você veio! Já era hora!

– Qual é o motivo de todo esse escândalo? Você enlouqueceu, Kay?

Nevile falou com calma, mas as cavidades nos cantos das suas narinas revelavam uma raiva contida.

– Por que você deu a *Illustrated Review* para ela e não para mim?

– Ah, Kay, como você é infantil. Todo esse escândalo por causa de uma maldita revista?

– Você deu a revista para ela e não para mim – repetiu Kay, obstinada.

– Bem, e por que não? Que importância tem isso?

– Pra mim importa, sim.

– Não sei o que há com você. Você não pode se comportar dessa maneira histérica quando está na casa dos outros. Você não sabe se comportar em público?

– Por que você deu a revista para Audrey?

– Porque ela queria.

– Eu também queria, e além de tudo sou sua mulher.

– Neste caso, mais um motivo para entregá-la a uma mulher mais velha e que, tecnicamente, não é da família.

– Ela me humilhou! Ela queria e conseguiu. E você ficou do lado dela!

– Você está falando como uma criança idiota e ciumenta. Pelo amor de Deus, controle-se e tente se comportar devidamente em público!

– Como ela, suponho.

Nevile falou com frieza:

– Pelo menos Audrey consegue se comportar como uma dama. Não fica se expondo dessa forma.

– Ela está jogando você contra mim! Ela me odeia e está conseguindo se vingar.

– Olhe aqui, Kay, dá para você parar de ser melodramática e completamente tola? Já estou farto!

– Então vamos embora daqui! Vamos amanhã mesmo. Odeio este lugar!

– Estamos aqui há apenas quatro dias.

– Já é o bastante! Vamos embora, Nevile.

– Olhe aqui, Kay. Pra mim, já chega! Viemos aqui para ficar quinze dias e ficaremos os quinze dias.

– Se ficarmos – disse ela – você vai se arrepender. Você e sua Audrey! Você a acha maravilhosa!

– Não acho que ela seja maravilhosa. Acho, sim, que ela é uma pessoa extremamente gentil e agradável, a quem tratei muito mal e que foi muitíssimo generosa em me perdoar.

– É aí que você se engana – falou Kay. Levantou da cama. Sua fúria havia esmorecido. Falou séria, quase solene. – Audrey não o perdoou, Nevile. De vez em quando observo como ela olha para você. Não sei dizer o que se passa na cabeça dela, mas há alguma coisa... Ela é do tipo que não deixa que os outros saibam no que está pensando.

– É pena – disse Nevile – que não existam muitas pessoas assim.

O rosto de Kay ficou muito pálido.

– Você está se referindo a mim? – havia um tom grave na voz.

– Bom... você não tem se mostrado muito reservada, tem? Você deixa escapar todo seu rancor e mau humor. Acaba fazendo um papel ridículo, e faz com que eu pareça ridículo também.

– Tem mais alguma coisa para dizer?

Sua voz era gélida.

Ele falou com um tom igualmente frio:

– Sinto muito se você acha que fui injusto. Mas é a pura verdade. O seu autocontrole se iguala ao de uma criança.

– Você nunca perde a calma, não é? É sempre o senhor absoluto do autocontrole e das maneiras encantadoras! Não creio que tenha sentimentos. Não passa de um peixe, um maldito coração gelado! Por que você não se solta de vez em quando? Por que não grita comigo? Por que não me xinga, não me manda para o inferno?

Nevile suspirou e encolheu os ombros.

– Ah, Deus! – falou.

Deu meia-volta e saiu do quarto.

III

– Você tem a mesma aparência que tinha aos dezessete anos, Thomas Royde – disse lady Tressilian. – O mesmo ar de coruja. E continua calado como antes. Por quê?

Thomas falou vagamente:

– Não sei. Nunca tive muita lábia.

– Bem diferente de Adrian. Adrian era um conversador inteligente e espirituoso.

– Talvez seja por isso. Sempre deixei a conversa para ele.

– Pobre Adrian. Um futuro tão promissor.

Thomas concordou com a cabeça.

Lady Tressilian mudou de assunto. Estava concedendo uma audiência a Thomas. Normalmente preferia receber uma visita de cada vez, pois assim não se cansava e conseguia dar-lhes mais atenção.

– Você está aqui há 24 horas – disse ela. – O que você está achando da nossa situação?

– Situação?

– Não se faça de bobo. Você faz isso de propósito. Sabe muito bem a que estou me referindo – o eterno triângulo que se instalou sob o meu teto.

Thomas respondeu com cautela:

– Parece haver um certo conflito.

Lady Tressilian sorriu, diabólica.

– Confesso a você, Thomas, que estou me divertindo. Essa situação se deu não por vontade minha... na verdade, fiz o que pude para evitá-la. Nevile estava obstinado. Insistiu em reunir essas duas mulheres e agora está colhendo o que plantou!

Thomas Royde mexeu-se um pouco na cadeira.

– Parece estranho – disse ele.

– Seja mais claro – retrucou lady Tressilian.

– Não achava que Strange fosse desse tipo de sujeito.

– É interessante que você diga isso, pois foi a mesma impressão que tive. Não é nada próprio dele. Nevile, como maioria dos homens, preocupa-se em evitar qualquer tipo de constrangimento ou possível aborrecimento. Desconfiei de que a ideia não tivesse partido dele – mas, se não foi, não consigo imaginar de quem possa ter sido.

Ela parou, depois perguntou com leve inflexão na voz:

– Não teria sido Audrey?

Thomas disse prontamente:

– Não, Audrey não.

– Também não posso crer que tenha sido ideia daquela jovem infeliz, a Kay. A menos que seja uma atriz notável. Sabe, ultimamente quase sinto pena dela.

– A senhora não gosta muito dela, não é?

– Não. Ela é uma cabeça oca e não tem compostura. Mas, como lhe falei, realmente começo a sentir pena dela. Parece um inseto dando cabeçadas em volta da lâmpada. Ela não faz ideia de que tipo de arma deve usar. Mau humor, péssimas maneiras, grosserias infantis – todas as reações que têm o pior dos efeitos em um homem como Nevile.

Thomas, com calma, disse:

– Acho que Audrey é quem está numa situação difícil.

Lady Tressilian lançou-lhe um olhar incisivo.

– Você sempre foi apaixonado pela Audrey, não é, Thomas?

A resposta dele foi imperturbável.

– Acredito que sim.

– Praticamente desde que eram crianças?

Ele assentiu com a cabeça.

– E então Nevile apareceu e a levou bem debaixo do seu nariz?

Apreensivo, ele se mexeu na cadeira.

– Bom... sempre soube que não tinha nenhuma chance.

– Derrotista – disse lady Tressilian.

– Sempre fui muito desinteressante.

– Pacato como um cavalo velho!

– O bom e velho Thomas! É como Audrey me vê.

– Fiel Thomas – disse lady Tressilian. – Não era esse o seu apelido?

Ele sorriu. Aquelas palavras traziam lembranças da infância.

– Que engraçado! Não ouvia isso há tantos anos.

– Pode ser que isso o deixe em uma posição privilegiada nos dias de hoje – sugeriu lady Tressilian.

Ela correspondeu ao seu olhar intencionalmente.

– Fidelidade – disse ela – é um atributo apreciado por qualquer pessoa que tenha passado pela experiência que Audrey passou. A devoção canina de uma vida inteira, Thomas, é muitas vezes recompensada.

Thomas Royde olhou para baixo, seus dedos atrapalhados com o cachimbo.

– Voltei para casa com essa esperança – concluiu ele.

IV

– Então aqui estamos todos – disse Mary Aldin.

Hurstall, o velho mordomo, enxugou a testa. Quando entrou na cozinha, a sra. Spicer, a cozinheira, fez um comentário sobre a sua expressão.

– Não devo estar muito bem, é fato – disse ele. – Não sei se conseguirei me expressar, mas atualmente me parece que tudo o que é dito e feito nesta casa tem um significado diferente do que aparenta... você entende o que quero dizer?

A sra. Spicer pareceu não entender, em seguida Hurstall continuou:

– Agora quando todos sentaram para jantar, a srta. Aldin disse: "Então aqui estamos todos" – isso foi um choque pra mim! Me fez imaginar um domador com vários animais selvagens em uma jaula, e aí a porta da jaula se fecha. De repente, senti como se todos nós tivéssemos caído numa armadilha.

– Ah, sr. Hurstall – disse a sra. Spicer –, o senhor deve ter comido alguma coisa que lhe fez mal.

– O problema não é a minha digestão. É a maneira como todos estão tensos. Há pouco a porta da frente bateu e a sra. Strange, a nossa sra. Strange, a srta. Audrey, sobressaltou-se como se tivesse levado um tiro. E há ainda os silêncios. Muito estranhos esses silêncios. É como se, de repente, todos tivessem medo de falar. E em seguida todos resolvem falar ao mesmo tempo, simplesmente dizendo a primeira coisa que lhes vem à cabeça.

– É o que basta para deixar qualquer pessoa embaraçada – disse a sra. Spicer.

– Duas senhoras Strange na casa. Tenho a impressão de que isso não seja uma coisa decente.

Instalara-se agora na sala de jantar um desses silêncios que Hurstall descrevera.

Foi com muito esforço que Mary Aldin virou-se para Kay e disse:

– Convidei seu amigo, o sr. Latimer, para jantar amanhã.

– Ah, que bom! – disse Kay.

Nevile perguntou:

– Latimer? Ele está por aqui?

– Está hospedado no Hotel Easterhead Bay – disse Kay.

Nevile disse:

– Podemos ir até lá jantar uma noite dessas. Até que horas a barca funciona?

– Até uma e meia – disse Mary.

– Imagino que dancem lá à noite, não?

– Lá a maioria das pessoas tem uns cem anos – disse Kay.

– Não deve ser muito divertido para o seu amigo – disse Nevile para Kay.

Mary falou prontamente:

– Podemos ir nadar um dia desses em Easterhead Bay. Está calor ainda e é uma praia linda.

Thomas Royde falou para Audrey em voz baixa:

– Pensei em velejar amanhã. Gostaria de ir comigo?

– Adoraria.

– Podemos ir todos velejar – disse Nevile.

– Pensei que você havia dito que iria jogar golfe – falou Kay.

– Realmente pensei em ir até o campo de golfe. Outro dia minhas jogadas saíram um tanto desastradas.

– Que tragédia! – comentou Kay.

Nevile disse com bom humor:

– O golfe é um esporte trágico.

Mary perguntou a Kay se ela também jogava.

– Sim. De certa forma.

Nevile comentou:

– Kay seria uma ótima jogadora se se dedicasse um pouco.

Kay perguntou a Audrey:

– Você não pratica nenhum esporte?

– Na verdade não. Até jogava tênis, mas sou totalmente desajeitada.

– Você ainda toca piano, Audrey? – perguntou Thomas.

Ela balançou a cabeça.

– Atualmente não.

– Você tocava muito bem – disse Nevile.

– Pensei que você não gostasse de música, Nevile – disse Kay.

– Não entendo muito de música – disse ele vagamente. – Nunca entendi como Audrey conseguia se esticar para tocar uma oitava tendo mãos tão pequenas.

Ele olhava para as mãos dela quando ela pousou os talheres de sobremesa.

Ela corou um pouco e disse rapidamente:

– Meu dedo mínimo é bem longo. Imagino que isto ajude.

– Então você deve ser egoísta – falou Kay. – As pessoas que são altruístas têm dedos mínimos curtos.

– Isso é verdade? – perguntou Mary Aldin. – Então devo ser altruísta. Olhe, meus dedos mínimos são bem curtinhos.

– Acho você muito altruísta – falou Thomas Royde, olhando-a com atenção.

Ela ficou vermelha, mas continuou:

– Quem será o menos egoísta entre nós? Vamos comparar os dedos mínimos. Os meus são mais curtos que os seus, Kay. Mas acho que o Thomas ainda ganha de mim.

– Eu ganho de vocês dois – disse Nevile. – Olhem! – ele esticou a mão.

– Mas só em uma das mãos – falou Kay. – O dedo mínimo de sua mão esquerda é curto, mas o da mão direita é bem mais longo. E a sua mão esquerda se refere ao que nasce com você, já a direita representa o que você fez da sua vida. Logo isso quer dizer que você nasceu altruísta e se tornou mais egoísta com o passar do tempo.

– Você sabe ler a sorte, Kay? – perguntou Mary Aldin, estendendo a mão com a palma virada para cima. – Uma cartomante me disse que eu ia ter dois maridos e três filhos. Preciso me apressar!

Kay falou:

– Estas cruzes pequenas não representam filhos, mas sim viagens. Isso significa que você fará três viagens marítimas.

– Isso parece improvável também – disse Mary Aldin.

Thomas Royde perguntou a ela:

– Você já viajou muito?

– Não, praticamente nunca.

Ele pôde perceber um desapontamento oculto na voz dela.

– E você gostaria de viajar?

– Mais do que tudo.

Ao seu modo lento e contemplativo, Thomas refletiu sobre o estilo de vida dela. Sempre a serviço de uma velha senhora. Calma, cheia de tato, uma excelente administradora.

– Você mora há muito tempo com lady Tressilian?

– Há quase quinze anos. Vim ficar com ela logo depois que meu pai morreu. Ele já estava inválido há alguns anos antes de morrer.

E depois respondeu à pergunta que achava que ele queria fazer:

– Tenho trinta e seis anos. Era isso o que você queria saber, não?

– É, eu estava me perguntando, é verdade – admitiu. – Mas você poderia ter... qualquer idade, viu?

– Esse comentário pode ter mais de um significado.

– Suponho que sim. Mas não quis dizer isso.

Seu olhar melancólico e pensativo não se afastava do rosto dela. Ela, contudo, não ficou constrangida. Não se tratava de nada tão constrangedor, mas sim de um interesse autêntico e atencioso. Ao perceber os olhos dele observando seus cabelos, passou a mão na mecha branca, e falou:

– Eu a tenho desde muito jovem.

– Gosto dela – disse ele simplesmente.

Continuou olhando-a. Por fim, ela perguntou com um tom levemente divertido:

– Bom, qual é o veredicto?

Ele corou sob a pele bronzeada e disse:

– Ah, imagino que seja indelicado ficar lhe encarando. Estava apenas curioso com relação a você – e como você realmente é.

– Por favor – disse ela apressada, levantando-se da mesa.

Ao entrar na sala de estar, segurando o braço de Audrey, anunciou:

– O velho sr. Treves também virá para o jantar amanhã.

– Quem é ele? – perguntou Nevile.

– Ele trouxe uma carta de apresentação de lorde Rufus. É um senhor idoso encantador. Está hospedado no Balmoral Court. Sofre do coração e parece muito frágil, mas suas faculdades mentais estão perfeitas e conheceu muita gente interessante. Era advogado ou procurador, não me recordo bem.

– Todos aqui são pavorosamente velhos – disse Kay descontente.

Ela estava parada bem embaixo da luz. Thomas olhava naquela direção, e a observou com o mesmo olhar de desinteresse que sempre dava a tudo o que estava no seu campo de visão.

Impressionou-se de repente com a beleza intensa e ardente de Kay. Uma beleza de cores vivas, repleta de uma vitalidade exultante. Desviou o olhar dela até Audrey, pálida e apagada como uma traça no seu vestido cinza-prateado.

Sorriu consigo mesmo e murmurou.

– Rosa Vermelha e Branca de Neve.

– O quê? – era Mary Aldin ao seu lado.

Ele repetiu as palavras.

– Como o velho conto de fadas, você sabe...

Mary Aldin falou:

– É mesmo uma ótima comparação...

V

O sr. Treves bebia com apreço o seu vinho do porto. Um vinho muito bom. E o jantar fora preparado e servido com excelência. Lady Tressilian evidentemente não tinha problemas com os empregados.

A casa também era bem administrada, apesar da dona ser uma inválida.

É uma pena que as senhoras não tenham se retirado da sala de jantar quando o vinho foi servido. Ele preferia o costume à moda antiga. Os jovens, porém, seguiam seus próprios hábitos.

Seus olhos pousaram pensativos naquela jovem bela e radiante que era a esposa de Nevile Strange.

A noite era de Kay. Sua intensa beleza brilhava e iluminava a sala à luz de velas. Ao seu lado, com o cabelo escuro e lustroso, Latimer se curvava a ela. Ele chamava a atenção para ela. Ela se sentia triunfante e segura de si.

A simples visão dessa vitalidade tão radiante deixava o sr. Treves animado.

Ah, a juventude! Não há mesmo nada como a juventude!

Não era de se admirar que o marido tivesse perdido a cabeça e deixado a primeira mulher. Audrey estava sentada perto dele. Uma criatura encantadora e uma dama – no entanto, de acordo com a experiência do sr. Treves, era o tipo de mulher que invariavelmente acaba sendo abandonada.

Passou os olhos por ela. Estava com a cabeça abaixada olhando para o prato. A completa imobilidade da sua postura impressionou o sr. Treves, que a olhou com mais atenção. Ficou se perguntando no que estaria pensando. Achou encantador o jeito como o cabelo caía sobre sua orelhinha em forma de concha...

Com um leve sobressalto, o sr. Treves voltou a si ao perceber que alguma coisa estava acontecendo. Levantou-se às pressas.

Na sala de estar, Kay Strange foi direto até a vitrola e botou um disco de música para dançar.

Mary Aldin falou, desculpando-se com o sr. Treves:

– Estou certa de que o senhor detesta jazz.

– De forma alguma – disse ele educadamente, embora sem ser verdadeiro.

– Talvez mais tarde possamos jogar bridge – sugeriu ela. – Mas é melhor não começarmos uma partida agora, pois sei que lady Tressilian o aguarda para uma conversa.

– Será um prazer. Lady Tressilian nunca desce para ficar com vocês?

– Não. Ela costumava descer numa cadeira de rodas. Foi por isso que instalamos o elevador. Porém, atualmente prefere ficar no quarto. Lá ela pode receber e conversar apenas com quem desejar, convocando-os como uma espécie de autoridade real.

– Muito bem colocado, srta. Aldin. Já fui avisado do toque real das maneiras de lady Tressilian.

No meio da sala, Kay se movia em um lento passo de dança.

– Só tire essa mesa do caminho, Nevile – disse ela.

Sua voz era autoritária e confiante. Seus olhos brilhavam e tinha a boca entreaberta.

Obediente, Nevile moveu a mesa. Caminhou na direção dela que, no entanto, virou-se deliberadamente para Ted Latimer.

– Venha, Ted. Vamos dançar.

Prontamente o braço de Ted estava em torno dela. Dançavam, balançando e inclinando o corpo, os passos em perfeita sincronia. Uma bela apresentação de se ver.

O sr. Treves murmurou:

– É... bem profissional.

Mary Aldin estremeceu de leve ao ouvir suas palavras, ainda que o sr. Treves as tenha dito por mera admiração. Observou seu rosto sábio e perspicaz e achou que trazia um ar distraído, como se estivesse seguindo uma linha de raciocínio toda sua.

Nevile levantou-se, hesitando por um momento, depois foi até Audrey, que estava em pé perto da janela.

– Quer dançar, Audrey?

Seu tom era formal, quase frio. Poder-se-ia dizer que seu convite tenha sido feito por mera educação. Audrey Strange hesitou por alguns instantes antes de balançar a cabeça concordando e dar um passo na direção dele.

Mary Aldin fez alguns comentários corriqueiros, aos quais o sr. Treves não respondeu. Até então ele não havia mostrado sinais de surdez e sua educação era exemplar. Concluiu que sua indiferença se devia ao fato de estar absorto em alguma coisa. Não conseguiu determinar se ele observava as pessoas dançando ou se olhava para Thomas Royde, que estava sozinho do outro lado da sala.

Com um leve sobressalto, o sr. Treves falou:

– Perdão, minha senhora, o que estava dizendo?

– Nada. Apenas dizia que o tempo tem estado agradável, o que não é tão normal em setembro.

– Sim, sem dúvida. No hotel me disseram que a região está precisando de chuva com urgência.

– Espero que o senhor esteja bem instalado por lá.

– Ah, sim, embora tenha me aborrecido ao chegar e descobrir...

O sr. Treves parou de falar.

Audrey havia se soltado dos braços de Nevile. Ela falou desculpando-se com um leve sorriso:

– Está quente demais para dançar.

E saiu para o terraço passando pela porta envidraçada.

– Vá atrás dela, seu bobo – murmurou Mary. Ela teve a intenção de falar baixinho, mas saiu alto o bastante para o sr. Treves virar-se e olhá-la espantado.

Ela ficou vermelha e riu constrangida.

– Estou pensando alto – comentou com tristeza. – É que ele me irrita tanto. É tão lerdo.

– O sr. Strange?

– Não, não. Não o Nevile. Thomas Royde.

Thomas Royde se preparava para sair, porém agora Nevile, depois de um instante de pausa, já havia saído atrás de Audrey.

Por um momento, o olhar interessadamente especulativo do sr. Treves firmou-se na porta envidraçada. Depois, sua atenção voltou-se para o casal que ainda dançava.

– Um belo dançarino o jovem sr... Latimer, qual é mesmo o nome dele?

– Edward Latimer.

– Ah, sim. Edward Latimer. Suponho que se trate de um velho amigo da sra. Strange?

– Sim.

– E o que faz este jovem senhor tão... é... tão decorativo para ganhar a vida?

– Bem, na verdade, não sei.

– Naturalmente! – disse o sr. Treves, conseguindo dar uma boa dose de abrangência a uma palavra tão inofensiva.

Mary continuou:

– Está hospedado no Easterhead Bay Hotel.

– Um local muito agradável – disse o sr. Treves.

Após um minuto ou dois, acrescentou ele, divagando:

– Tem uma cabeça com um formato interessante – um curioso ângulo do topo até o pescoço, passando menos perceptível em função do corte de cabelo, porém definitivamente fora do comum.

Depois de mais uma pausa, prosseguiu, divagando ainda mais:

– O último homem que vi com uma cabeça como esta pegou dez anos de cadeia por uma agressão brutal a um velho joalheiro.

– Sem dúvida, o senhor não quer dizer que... – exclamou Mary.

– Não, absolutamente – disse o sr. Treves. – A senhora me interpretou mal. Não estou sugerindo nenhuma comparação depreciativa com um convidado seu. Estava simplesmente mostrando que um criminoso insensível e brutal pode estar oculto sob a aparência de um jovem encantador e bem apessoado. Pode parecer estranho, mas é verdade.

Ele sorriu ligeiramente para ela. Mary falou:

– O senhor sabe, sr. Treves, acho que estou com um pouco de medo do senhor.

– Que bobagem, minha senhora.

– Mas é verdade. O senhor é um observador muito perspicaz.

– Meus olhos – disse ele complacente – continuam bons como sempre foram. – Fez uma pausa e continuou: – Se isso é bom ou ruim, não consigo determinar no momento.

– De que maneira poderia ser ruim?

O sr. Treves balançou a cabeça em dúvida.

– Muitas vezes nos encontramos em um posto de responsabilidade. Nem sempre é fácil precisar a conduta correta.

Hurstall entrou carregando a bandeja do café.

Após servir Mary e o velho advogado, foi até o outro lado da sala, onde estava Thomas Royde. Depois, seguindo as instruções de Mary, deixou a bandeja em uma mesa baixa e saiu.

– Vamos terminar de dançar essa música – falou Kay por cima do ombro de Ted.

Mary disse:

– Eu levo o de Audrey lá fora.

E saiu pela porta com a xícara na mão. O sr. Treves a acompanhou. Ao parar na soleira da porta, olhou por cima do ombro dela.

Audrey estava sentada na borda do parapeito. À luz da lua, sua beleza viera à tona – uma beleza feita de formas, não de cores. A linha delicada do maxilar até a orelha, a modelagem suave do queixo e da boca, os ossos da cabeça realmente fascinantes e o nariz pequeno e reto. Essa beleza permaneceria quando Audrey se tornasse uma mulher velha, pois não tinha nada a ver com a natureza da sua pele – seus ossos é que eram bonitos. O vestido de lantejoulas que usava acentuava o efeito da luz da lua. Ela estava sentada, imóvel, enquanto Nevile, em pé, a olhava.

Nevile deu um passo na direção dela.

– Audrey – disse ele –, você...

Ela mudou de posição, saltou ligeiramente e levou a mão à orelha:

– Ah! Meu brinco... devo tê-lo deixado cair.

– Onde? Deixe que eu procure...

Ambos se abaixaram, desajeitados e embaraçados, esbarrando um no outro ao procurarem. Audrey desviou. Nevile exclamou:

– Espere um minuto... o botão da minha manga... ficou preso no seu cabelo. Fique parada.

Ela ficou imóvel enquanto ele apanhava do botão.

– Ai, você está puxando o meu cabelo! Como você é desajeitado, Nevile. Vamos logo com isso.

– Me desculpe, eu... eu sou mesmo todo atrapalhado.

O luar estava claro o suficiente para que os dois espectadores vissem o que Audrey não podia ver: o tremor das mãos de Nevile quando lutava para soltar os fios do belo cabelo acinzentado.

No entanto, a própria Audrey também tremia como se de repente sentisse frio.

Mary Aldin sobressaltou-se ao ouvir, atrás dela, uma voz suave dizer:

– Com licença...

Thomas Royde passou por entre os dois e saiu.

– Quer ajuda, Strange? – perguntou.

Nevile se endireitou, e ele e Audrey se afastaram.

– Está tudo bem. Já consegui.

O rosto de Nevile estava bastante pálido.

– Você está gelada – disse Thomas para a Audrey. – Vamos, entre e tome um café.

Ela voltou com ele, e Nevile virou-se e ficou olhando o mar.

– Estava trazendo o seu café aqui fora – disse Mary. – Mas talvez seja melhor você entrar.

– Sim – respondeu Audrey. – Acho melhor entrar.

Todos voltaram para a sala de visitas. Ted e Kay haviam parado de dançar.

A porta se abriu e uma mulher magra e alta, vestida de preto entrou. Falou respeitosamente:

– Minha senhora manda os cumprimentos e gostaria que o sr. Treves fosse encontrá-la nos seus aposentos.

VI

Lady Tressilian recebeu o sr. Treves com evidente satisfação.

Logo estavam mergulhados em um agradável fluxo de lembranças e recordações de conhecidos em comum.

Meia hora depois, lady Tressilian deu um profundo suspiro de satisfação.

– Ah! – disse ela – Como me diverti! Não há nada como papear sobre a vida alheia e relembrar velhos escândalos.

– Um pouco de malícia – concordou o sr. Treves – acrescenta certo sabor à vida.

– A propósito – disse ela –, o que o senhor acha do nosso exemplar de triângulo amoroso?

O sr. Treves pareceu ficar discretamente inexpressivo.

– É... que triângulo?

– Não me diga que não notou! Nevile e suas esposas.

– Ah, isto! A atual sra. Strange é uma jovem particularmente atraente.

– A Audrey também é – disse lady Tressilian.

– Ela tem charme, é verdade – admitiu.

Lady Tressilian exclamou:

– O senhor quer dizer que compreende que um homem possa deixar a Audrey, que é uma pessoa de raras qualidades, por... por uma Kay?

O sr. Treves respondeu com serenidade:

– Perfeitamente. Acontece muito.

– É revoltante. Se fosse homem, logo me cansaria da Kay e desejaria nunca ter feito esse papelão.

– Isso também acontece com frequência. Estas paixões súbitas e impetuosas – falou o sr. Treves, parecendo muito preciso e impassível – raramente têm uma longa duração.

– E o que acontece depois? – perguntou lady Tressilian.

– Em geral – disse o sr. Treves –, eles se adaptam. Com muita frequência, há um segundo divórcio. Em seguida o homem se casa com uma terceira mulher – alguém de boa índole.

– Isto é absurdo! Nevile não é um mórmon, como alguns dos seus clientes possam ser.

– Às vezes acontece dos pares originais casarem-se outra vez.

Lady Tressilian balançou a cabeça.

– Isso não! Audrey é muito orgulhosa.

– A senhora acha?

– Tenho certeza. Não balance a cabeça desse jeito irritante!

– Digo, com base na minha experiência – falou o sr. Treves –, que as mulheres possuem pouco ou nenhum orgulho no que se refere às questões ligadas ao amor. O orgulho é um atributo muito frequente em suas bocas, no entanto pouco visível nas suas ações.

– O senhor não compreende a Audrey. Ela era extremamente apaixonada pelo Nevile. Talvez até demais. Depois que ele a abandonou por essa moça – apesar de não culpá-lo de todo, pois a moça o perseguia por toda parte e o senhor bem sabe como os homens são! –, ela nunca mais quis vê-lo.

O sr. Treves tossiu ligeiramente:

– E, mesmo assim – disse ele –, ela está aqui!

– Bem – disse lady Tressilian aborrecida –, não me tenho por alguém que compreenda essas ideias modernas. Imagino que Audrey esteja aqui apenas para mostrar que não se importa e que é indiferente ao que aconteceu!

– É bem provável – disse ele coçando o queixo. – Sem dúvida que, para si mesma, ela pode formular a questão nestes termos.

– O senhor quer dizer – disse lady Tressilian – que acha que ela ainda sente falta de Nevile e que... ah, não! Não posso acreditar numa coisa dessas!

– Mas é possível – falou o sr. Treves.

– Eu não admito – disse ela. – Não admitirei isso em minha casa.

– A senhora já está preocupada, não está? – perguntou o sr. Treves com perspicácia. – Há uma tensão. Pude senti-la no ar.

– Então o senhor também sente? – perguntou lady Tressilian prontamente.

– Sim, devo confessar que fiquei intrigado. Os verdadeiros sentimentos das partes permanecem obscuros, mas, em minha opinião, há pólvora no ar. A explosão pode acontecer a qualquer instante.

– Pare de falar como Guy Fawkes e me diga o que fazer – disse lady Tressilian.

O sr. Treves levantou as mãos.

– Realmente não sei bem o que sugerir. Estou certo de que existe um foco. Se pudéssemos isolá-lo... mas há tantos fatos que continuam obscuros.

– Não tenho intenção de pedir à Audrey que vá embora – disse lady Tressilian. – Até onde pude observar, ela tem se comportado adequadamente numa situação muito difícil. Tem sido gentil, porém distante. Considero sua conduta irrepreensível.

– Sim, totalmente – disse o sr. Treves. – Totalmente. Mas, no entanto, está tendo um efeito marcante sobre o jovem Nevile Strange.

– Nevile – disse ela – não está se comportando bem. Devo falar com ele sobre isso. Entretanto, jamais poderia mandá-lo embora desta casa. Matthew o considerava praticamente como um filho adotivo.

– Eu sei.

Lady Tressilian suspirou e disse em voz baixa:

– O senhor sabe que Matthew morreu afogado aqui?

– Sim.

– Muitas pessoas ficaram surpresas por eu ter ficado por aqui. Ignorância delas. Sempre senti Matthew perto de mim aqui. A casa toda está repleta da presença dele. Eu me sentiria solitária e estranha em qualquer outro lugar. – Fez uma pausa e continuou: – No início tive a esperança de que não levaria muito tempo para que me juntasse a ele. Sobretudo quando minha saúde começou a fraquejar. Mas parece que sou um daqueles velhos portões barulhentos, um desses eternos inválidos que não morrem nunca – e esmurrou o travesseiro com raiva.

"Devo lhe dizer que não me agrada! Sempre acreditei que quando minha hora chegasse seria tudo muito rápido. Que encontraria a morte cara a cara, sem senti-la gradativamente rastejando atrás de mim, sempre sob o meu ombro, forçando-me pouco a pouco a naufragar de humilhação em humilhação por causa da doença. Cada vez mais impotente e mais dependente de outras pessoas!"

– Porém, tenho certeza de que são pessoas muito devotadas. A senhora tem uma criada fiel, não?

– Barrett? Sim, a que o acompanhou até aqui em cima. É o conforto da minha vida! Uma velha severa e geniosa, totalmente devotada. Está comigo há anos.

– E devo dizer que a senhora tem sorte em ter a srta. Aldin.

– O senhor tem razão. Tenho muita sorte em ter a Mary comigo.

– Ela é sua parenta?

– É uma prima distante. Uma dessas criaturas altruístas cujas vidas são sacrificadas continuamente em favor dos outros. Ela cuidou do pai, um homem inteligente, porém terrivelmente rigoroso. Quando ele morreu, pedi que viesse morar comigo, e sempre abençoo o dia em que veio para cá. O senhor não tem ideia do pavor que são, na maioria das vezes, as damas de companhia. Criaturas fúteis e enfadonhas – fico enlouquecida com a inatividade delas. São damas de companhia por não servirem para nada melhor. É uma maravilha ter a Mary, uma mulher inteligente e culta. Ela possui realmente um cérebro de primeira classe – um cérebro de homem. Já leu muito e com profundidade; não há assunto que não possa discutir. E é esperta tanto para os assuntos domésticos como para as coisas do intelecto. Administra a casa com perfeição e mantém os empregados satisfeitos – elimina todas as discussões e ciúmes. Não sei como ela consegue – uma questão de tato, suponho.

– Ela está com a senhora há muito tempo?

– Há doze anos. Não, mais. Uns treze ou catorze anos. Algo assim. Ela tem sido um grande conforto pra mim.

O sr. Treves concordou com a cabeça.

Lady Tressilian, observando-o com as pálpebras semicerradas, disse de repente:

– O que houve? O senhor está preocupado com alguma coisa?

– Uma bobagem – disse ele. – Pura bobagem. A senhora tem olhos perspicazes.

– Gosto de estudar as pessoas – disse lady Tressilian. – Sempre sabia de imediato o que se passava na cabeça de Matthew – ela suspirou e se recostou nos travesseiros. – Devo me despedir do senhor agora – era a dispensa de uma rainha, sem que significasse nenhuma descortesia. – Estou muito cansada. Mas foi realmente um prazer imenso. Espero que venha conversar comigo outra vez.

– Pode estar certa de que me lembrarei de suas palavras. Só espero não ter falado demais.

– Não, não. É que sempre me sinto cansada de repente. O senhor pode tocar a campainha antes de sair, por favor?

O sr. Treves puxou delicadamente o longo e antiquado cordão que terminava em uma imensa borla.

– Uma relíquia! – observou ele.

– Minha campainha? Ah, sim. Nada de campainhas elétricas modernas para mim. Na maior parte do tempo, estão quebradas e a gente fica tocando sem ser ouvido. Esta aqui nunca falha. Toca lá em cima no quarto da Barrett, logo em cima de sua cama. Assim, nunca demora a responder. E, caso demore, toco outra vez em seguida.

Assim que saiu do quarto, o sr. Treves ouviu a campainha tocar pela segunda vez, e pôde ouvir o tilintar desta sobre sua cabeça. Olhou para cima e notou os fios estendidos pelo teto. Barrett desceu apressada o lance de escadas e passou por ele para ir até a patroa.

O Sr. Treves desceu lentamente a escada, sem se preocupar em usar o pequeno elevador. Seu rosto trazia um olhar carrancudo de incerteza.

Encontrou todo o grupo reunido na sala de estar, e Mary sugeriu de imediato uma partida de bridge. O sr. Treves, porém, recusou com educação alegando que precisava ir embora em seguida.

– O meu hotel é antiquado – falou. – Eles não contam com a hipótese de que alguém esteja fora depois da meia-noite.

– Ainda falta muito. São só dez e meia – disse Nevile. Espero que não o deixem trancado do lado de fora.

– Ah, não. Na verdade, duvido que realmente tranquem a porta à noite. É fechada às nove horas, mas é só girar o trinco e entrar. As pessoas parecem ser muito relapsas aqui, mas suponho que tenham motivos para confiar na honestidade dos moradores da região.

– Seguramente, durante o dia ninguém tranca a porta por aqui – disse Mary. – A nossa fica aberta o dia todo, mas mantemos trancada à noite.

– Como é o hotel Balmoral Court? – perguntou Ted Latimer. – O prédio parece uma estranha atrocidade vitoriana.

– Faz jus ao nome – falou o sr. Treves. – Possui o bom e sólido conforto vitoriano. Boas camas, boa comida, espaçosos armários vitorianos e banheiros imensos revestidos de mogno.

– O senhor não falou que inicialmente ficara aborrecido com alguma coisa? – perguntou Mary.

– Ah, sim. Por cautela, reservei, por carta, dois aposentos no andar térreo. A senhora sabe, como tenho o coração fraco, as escadas ficam proibidas para mim. Quando cheguei fiquei incomodado ao saber que os aposentos não estavam disponíveis. Em vez disso, designaram-me dois aposentos (muito agradáveis, devo admitir) no andar de cima. Protestei, mas parece que o antigo hóspede, que iria para a Escócia em setembro, ficou doente e não pôde desocupar os quartos.

– O sr. Lucan, suponho... – disse Mary.

– Creio que seja este o nome. Nestas circunstâncias, tive que me adaptar da melhor maneira possível. Por sorte, há um bom elevador automático e, desse modo, não passei por nenhum inconveniente.

– Ted, por que você não fica no Balmoral Court? Ficaria muito mais acessível – disse Kay.

– Ah, não acho que seja o lugar adequado para mim.

– Tem razão, sr. Latimer – concordou o sr. Treves. – Não é realmente o lugar apropriado para uma pessoa da sua categoria.

Por algum motivo, Ted Latimer enrubesceu.

– Não sei o que o senhor quis dizer com isso – disse ele.

Percebendo certo constrangimento, Mary Aldin fez rapidamente um comentário sobre um caso que vinha sendo noticiado nos jornais.

– Vi que prenderam um homem do caso da mala de Kentish Town.

– É o segundo que prendem – disse Nevile. – Espero que tenham apanhado o homem certo desta vez.

– Mesmo assim, é possível que não consigam mantê-lo preso – disse o sr. Treves.

– Falta de provas? – perguntou Royde.

– Sim.

– Apesar disso – disse Kay –, imagino que no fim sempre encontrem as provas.

– Nem sempre, sra. Strange. A senhora se surpreenderia se soubesse quantas pessoas que já cometeram crimes andam livres pelo país sem serem importunadas.

– Por nunca terem sido descobertas, é o que o senhor quer dizer?

– Não é só por isso. Há um homem – disse ele mencionando um famoso caso ocorrido dois anos antes – que a polícia sabe que, sem sombra de dúvida, assassinou duas crianças, mas, no entanto, não pode fazer nada. Ele teve como álibi o testemunho de duas pessoas, que embora fosse falso, não havia como comprovar. Desse modo, o assassino continua solto.

– Que coisa terrível! – disse Mary.

Thomas Royde deu uma batidinha no cachimbo e disse com a voz serena e ponderada:

– Isso confirma o que sempre achei: há circunstâncias em que se justifica fazer justiça com as próprias mãos.

– O que o senhor quis dizer, sr. Royde?

Thomas começou a reabastecer o cachimbo. Olhava pensativo para as mãos enquanto falava com frases desconexas, aos solavancos.

– Digamos que o senhor soubesse... de um trabalho sujo... soubesse que a pessoa que o executou não pode ser responsabilizada perante as leis... que está imune à punição. Logo, segundo o meu raciocínio, é admissível que um indivíduo execute ele próprio a sentença.

O sr. Treves disse com cordialidade:

– É uma doutrina muito perniciosa, sr. Royde! Uma atitude como esta seria totalmente inadmissível!

– Não vejo assim. Estou supondo, o senhor veja, que os fatos estejam provados. O único problema é que a lei não tem eficácia.

– Mesmo assim, uma ação privada não estaria autorizada.

Thomas sorriu, um sorriso muito simpático.

– Não concordo – disse ele. – Se um homem merece ter o pescoço torcido, não me importaria de assumir a responsabilidade de torcê-lo!

– E, por sua vez, o senhor estaria sujeito às penalidades da lei!

Ainda sorrindo, Thomas afirmou:

– Eu teria que ser cuidadoso, é claro... De fato, seria preciso ser bastante ardiloso...

Audrey falou com sua voz clara:

– Você seria descoberto, Thomas.

– Na verdade – disse ele –, não creio que fosse.

– Soube de um caso, certa vez – começou o sr. Treves, depois parou. Desculpando-se, falou: – Como sabem, a criminologia é de certa forma um hobby para mim.

– Por favor, continue – disse Kay.

– Tenho uma vasta experiência em casos criminais – disse o sr. Treves. – Apenas alguns deles foram de fato interessantes. A maioria dos assassinos é lamentavelmente desinteressante e tem pouca visão. No entanto, posso contar-lhes um exemplo interessante.

– Ah, sim, conte – disse Kay. – Adoro assassinatos.

O sr. Treves falava devagar, parecendo escolher as palavras com imenso zelo e cuidado.

– O caso se refere a uma criança. Não vou mencionar a idade nem o sexo dela. Os fatos foram os seguintes: duas crianças brincavam com arcos e flechas. Uma delas atirou uma flecha, atingindo a outra num ponto vital e, assim, resultando na sua morte. Houve um inquérito, a criança sobrevivente ficou completamente transtornada. Lamentou-se o acidente e manifestou-se compaixão pelo infeliz autor do feito.

Fez uma pausa.

– Isto é tudo? – perguntou Ted Latimer.

– Sim, é tudo. Um lamentável acidente. Mas, vejam, há outro lado nessa história. Aconteceu que, algum tempo antes, um fazendeiro passava por acaso por um atalho da floresta nos arredores e, numa clareira, viu uma criança praticando arco e flecha.

Interrompeu-se outra vez para deixar que compreendessem o que queria dizer.

– O sr. quer dizer – falou Mary Aldin incrédula – que não foi um acidente, que foi intencional?

– Não sei – disse o sr. Treves. – Nunca soube. No inquérito, foi declarado que as crianças não estavam acostumadas a brincar com arcos e flechas e que, consequentemente, atiravam sem ter conhecimento e de forma descontrolada.

– E não era bem assim?

– Bom, no caso de uma das crianças, certamente não!

– O que o fazendeiro fez? – perguntou Audrey sem fôlego.

– Não fez nada. Ainda hoje não sei se ele agiu certo ou não. Era o futuro de uma criança que estava em jogo. Ele deve ter pensado que a criança merecia que se lhe oferecesse o benefício da dúvida.

Audrey falou:

– Mas o senhor mesmo nunca teve dúvida quanto ao que realmente aconteceu?

O sr. Treves disse em tom grave:

– Sou da opinião de que foi um assassinato particularmente engenhoso... um crime cometido por uma criança e planejado com antecedência com todos os detalhes.

Ted Latimer perguntou:

– Havia um motivo?

– Ah, sim, havia um motivo. Provocações infantis, palavras cruéis: o suficiente para fomentar o ódio. As crianças odeiam com facilidade...

Mary exclamou:

– Mas houve premeditação!

O sr. Treves concordou com a cabeça.

– Sim, a premeditação é que foi o pior. Uma criança, guardando esta intenção assassina no coração, praticando discretamente dia após dia e, então, o ato final, a flechada desastrada... a catástrofe... a simulação da dor e do desespero. Foi tudo incrível... tão incrível que provavelmente ninguém acreditaria em um tribunal.

– E o que houve com... com a criança? – perguntou Kay, curiosa.

– Seu nome foi trocado, creio eu – disse o sr. Treves. – Foi considerado aconselhável depois da publicidade do inquérito. Aquela criança é hoje um adulto, em algum lugar deste mundo. A questão é: será que ela ainda tem um coração assassino?

Acrescentou pensativo:

– Isso já faz muito tempo, mas reconheceria o meu pequeno assassino onde quer que fosse.

– É claro que não – objetou Royde.

– Ah, sim, há uma determinada peculiaridade física... Bom, não vou me alongar no assunto. Não é um assunto muito agradável. Na verdade, devo ir embora agora.

E levantou-se.

Mary perguntou:

– O senhor aceita uma bebida antes de sair?

As bebidas estavam em uma mesa no outro lado da sala. Thomas Royde, que estava perto da mesa, se aproximou e tirou a tampa da garrafa de uísque.

– Um uísque com soda, sr. Treves? E para você, Latimer?

Nevile disse a Audrey em voz baixa:

– Está uma noite linda. Venha um pouco aqui fora.

Audrey estava em pé perto da porta, olhando para o terraço iluminado pelo luar. Ele passou por ela e ficou parado do lado de fora, esperando-a. Ela voltou para a sala, balançando a cabeça impacientemente.

– Não, estou cansada. Eu... eu acho que vou dormir.

Atravessou a sala e saiu. Kay bocejou escancaradamente.

– Também estou com sono. E você, Mary?

– É, acho que estou também. Boa noite, sr. Treves. Cuide bem dele, Thomas.

– Boa noite, srta. Aldin. Boa noite, sra. Strange.

– Vamos almoçar com você amanhã, Ted – disse Kay. – Poderemos tomar banho de mar se o tempo continuar bom.

– Está bem. Estarei esperando por vocês. Boa noite, srta. Aldin.

As duas mulheres deixaram a sala.

Ted Latimer disse amavelmente ao sr. Treves:

– Vou pelo mesmo caminho que o senhor. Vou pegar a barca, logo, tenho que passar pelo seu hotel.

– Obrigado, sr. Latimer. Ficarei feliz em ter a sua companhia.

Apesar de ter anunciado sua intenção de partir, o sr. Treves parecia não ter pressa. Saboreava sua bebida confortavelmente e dedicava-se à tarefa de extrair de Thomas Royde informações sobre as condições de vida na Malásia.

Royde era monossilábico em suas respostas. Pela dificuldade com que lhe eram arrancados, os detalhes da vida cotidiana pareciam ser segredos de relevância nacional. Ele parecia estar perdido, absorto com alguma preocupação da qual saía com dificuldade a fim de responder aos questionamentos.

Ted Latimer estava inquieto. Parecia entediado, impaciente e ansioso para ir embora.

Interrompeu de repente a conversa, exclamando:

– Por pouco não esqueço! Trouxe os discos que a Kay queria. Estão no hall, vou até ali pegá-los. Você avisa para ela amanhã, Royde?

O outro concordou. Ted deixou a sala.

– Esse jovem tem uma natureza inquieta – murmurou o sr. Treves.

Royde apenas resmungou, sem responder.

– Creio que seja amigo da sra. Strange, não? – continuou o velho advogado.

– Da Kay Strange – disse Thomas.

O sr. Treves sorriu.

– Sim – disse ele. – Foi o que eu quis dizer. Dificilmente seria amigo da primeira sra. Strange.

Royde disse, enfaticamente:

– Não, não seria.

A seguir, percebendo o olhar intrigado do outro, disse enrubescendo um pouco:

– O que quis dizer é que...

– Ah, sim, compreendi muito bem o que quis dizer, sr. Royde. O senhor é amigo da sra. Audrey Strange, não é?

Thomas Royde abastecia lentamente o cachimbo com a sua tabaqueira. Olhando para baixo, com os olhos atentos à tarefa, falou, ou melhor, murmurou:

– Mmm... sim. Fomos criados mais ou menos juntos.

– Ela deve ter sido uma jovem muito bonita.

Thomas Royde disse algo que pareceu ser "hum hum".

– É um pouco estranho ter duas senhoras Strange na mesma casa.

– Ah, sim... um tanto estranho.

– Uma situação complicada para a primeira sra. Strange.

Thomas corou.

– Extremamente complicada.

O sr. Treves se inclinou. Sua pergunta saiu cortante:

– Por que ela veio, sr. Royde?

– Bom... suponho que... – sua voz ficara confusa – ela... não quisesse recusar.

– Recusar a quem?

Royde se mexeu desajeitado.

– Bem, de fato, creio que ela sempre vem nesta época do ano... no início de setembro.

– E lady Tressilian convidou Nevile Strange e sua nova esposa para virem no mesmo período? – a voz do velho senhor continha uma nota suave de incredulidade.

– Quanto a isso, acho que o próprio Nevile se convidou.

– Então ele estava ansioso por este... reencontro?

Apreensivo, Royde mexeu o corpo. Respondeu, evitando os olhos do outro:

– Suponho que sim.

– Interessante... – disse o sr. Treves.

– Uma atitude muito estúpida esta – disse Thomas Royde, estimulado a uma fala mais longa.

– Um tanto embaraçoso, pode-se dizer – falou o sr. Treves.

– Ah, sim. As pessoas fazem esse tipo de coisa hoje em dia – comentou Thomas vagamente.

– Fiquei me perguntando – disse o sr. Treves –, será que não teria sido ideia de outra pessoa?

Thomas o encarou.

– De quem mais poderia ser?

O sr. Treves suspirou.

– Há tantos amigos generosos neste mundo, sempre desejosos de ajeitar a vida das outras pessoas, sugerindo coisas que nem sempre estão de acordo.

Interrompeu-se quando Nevile Strange entrava pela porta do terraço. No mesmo instante, Ted Latimer voltava do hall pela outra porta.

– Olá, Ted, o que você trouxe aí? – perguntou Nevile.

– São discos para a Kay. Ela me pediu que trouxesse.

– Pediu, é? Ela não me disse nada.

Houve um breve momento de constrangimento entre os dois, depois Nevile foi até a bandeja das bebidas e serviu um uísque com soda. Parecia agitado e insatisfeito, respirava fundo.

O sr. Treves ouvira alguém se referir a Nevile como "aquele tipo sortudo, tem tudo o que qualquer pessoa poderia desejar neste mundo". Naquele momento, ele não parecia absolutamente um homem feliz.

Com a chegada de Nevile, Thomas Royde pareceu achar que havia concluído suas obrigações como anfitrião. Saiu da sala sem qualquer esforço para dizer boa noite. Seu caminhar estava ligeiramente mais apressado que o de costume. Foi quase que uma fuga.

– Foi uma noite encantadora – disse o sr. Treves ao pousar o copo. – Muito... é... instrutiva.

– Instrutiva? – Nevile ergueu levemente as sobrancelhas.

– As informações sobre a situação na Malásia – sugeriu Ted, com um largo sorriso. – Arrancar respostas do Thomas Taciturno é uma tarefa nada fácil.

– É um sujeito peculiar, o Royde – disse Nevile. – Creio que sempre tenha sido assim. Só fuma aquele velho cachimbo horroroso, ouve os assuntos e ocasionalmente diz "hum" e "ah", parecendo sábio como uma coruja.

– É provável que ele pense muito mais do que fala – disse o sr. Treves. – E agora realmente preciso ir embora.

– Venha logo visitar lady Tressilian outra vez – disse Nevile ao acompanhar os dois homens até o hall. – O senhor a alegra muito. Hoje em dia ela tem tão pouco contato com o mundo lá fora. Ela é maravilhosa, não é?

– Sim, de fato. Tem uma conversa muitíssimo estimulante.

O sr. Treves vestiu cuidadosamente o sobretudo e o cachecol e, depois de renovadas despedidas, ele e Ted Latimer partiram juntos.

O Balmoral Court ficava na verdade a pouco menos de cem metros de distância, na curva da estrada. Surgia austero e assustador, o primeiro posto da parte mais afastada da cidade.

A barca, para onde Ted Latimer se dirigia, ficava mais adiante, a cerca de duzentos ou trezentos metros, no ponto onde o rio era mais estreito.

O sr. Treves parou diante da porta do Balmoral Court e estendeu a mão.

– Boa noite, sr. Latimer. Vai ficar aqui por muito tempo?

Ted sorriu com um clarão dos dentes muito brancos.

– Isto depende, sr. Treves. Não deu tempo de me sentir entediado ainda.

– Não, ainda não, devia ter imaginado. Suponho que, como a maioria dos jovens de hoje, o tédio seja a coisa que o senhor mais receia no mundo e, ainda assim, posso lhe assegurar que existem coisas bem piores.

– Como o que, por exemplo?

A voz de Ted Latimer era suave e agradável, porém havia nela algo subjacente... algo nada fácil de se definir.

– Ah, deixo a cargo da sua imaginação, sr. Latimer. Como deve saber, jamais ousaria lhe dar conselhos. Os conselhos oferecidos por velhos antiquados como eu são invariavelmente tratados com desprezo. E talvez com razão, quem sabe? Mas nós velhos gostamos de pensar que a experiência possa ter-nos ensinado alguma coisa. O senhor sabe, observamos muito ao longo de toda uma vida.

Uma nuvem encobriu a face da lua. A rua ficou muito escura. Saindo da escuridão, a figura de um homem vinha na direção deles subindo a colina.

Era Thomas Royde.

– Fui caminhar um pouco até a barca – ele balbuciou com o cachimbo preso entre os dentes. – Este é o seu hotel? – perguntou ao sr. Treves. – Parece que o deixaram trancado do lado de fora.

– Ah, acho que não – disse o sr. Treves.

Virou a grande maçaneta de metal e a porta se abriu para trás.

– Entraremos para nos certificar de que o senhor esteja seguro lá dentro – disse Royde.

Os três entraram no hall iluminado apenas por uma lâmpada elétrica. Não havia ninguém, e o odor do jantar recente, do veludo empoeirado e da admirável mobília entrou em suas narinas.

De repente, o sr. Treves exclamou aborrecido. À frente deles, na porta do elevador, havia um aviso:

– Ah, meu Deus! – disse o sr. Treves. – Que coisa mais irritante! Terei que subir toda essa escada.

– Que pena – disse Royde. – Será que não tem um elevador de serviço para bagagens e tudo mais?

– Receio que não. Esse é usado para todos os fins. Bom, só precisarei subir devagar, e isso é tudo. Boa noite para os senhores.

Começou a subir lentamente a ampla escadaria. Royde e Latimer lhe desejaram boa noite, depois saíram pela rua escura.

Houve um momento de silêncio, em seguida Royde falou abruptamente:

– Bem, boa noite.

– Boa noite. Até amanhã.

– Sim.

Ted Latimer desceu rapidamente o morro em direção à barca. Thomas Royde ficou parado observando-o por alguns instantes, depois caminhou devagar na direção oposta, seguindo para Gull's Point.

A lua saiu de trás da nuvem e Saltcreek foi outra vez banhada pelo esplendor da luz prateada.

VII

– Parece um dia de verão – murmurou Mary Aldin.

Ela e Audrey estavam sentadas na praia logo abaixo do imponente edifício do Hotel Easterhead Bay. Audrey usava uma roupa de banho e parecia uma delicada estatueta de marfim. Mary não havia tomado banho de mar. Um pouco adiante delas, Kay estava deitada de bruços expondo o corpo bronzeado ao sol.

– Ah! – ela sentou-se. – A água está terrivelmente fria – falou em tom de acusação.

– Ah, bem... já é setembro – falou Mary.

– Sempre faz frio na Inglaterra – disse Kay descontente. – Como queria que estivéssemos no sul da França! Lá é de fato quente.

Próximo a ela, Ted Latimer murmurou:

– O sol daqui não é um sol de verdade.

– Não vai entrar na água mesmo, sr. Latimer? – perguntou Mary.

Kay riu.

– Ted nunca entra na água. Só fica deitado ao sol como um lagarto.

Ela esticou o pé e deu uma cutucada nele. Ele saltou de repente.

– Vamos dar uma caminhada, Kay. Estou com frio.

Saíram juntos andando pela praia.

– Como um lagarto? Uma comparação um tanto infeliz – murmurou Mary Aldin, observando-os.

– É isso o que você acha dele? – perguntou Audrey.

Mary Aldin franziu as sobrancelhas.

– Não exatamente. Um lagarto sugere alguma coisa bem inofensiva. Não creio que ele seja inofensivo.

– Não – falou Audrey pensativa. – Também não acho.

– Como eles ficam bem juntos! – disse Mary, enquanto observava o casal se afastando. – De certa forma, parecem combinar, não acha?

– Imagino que sim.

– Gostam das mesmas coisas – Mary continuou. – Têm as mesmas opiniões e usam a mesma linguagem. É uma pena que...

Ela parou.

Audrey falou bruscamente:

– Que o quê?

Mary falou bem devagar:

– Acho que ia dizer que foi uma pena Nevile e ela terem se conhecido.

Audrey se enrijeceu. Surgiu no seu rosto o que Mary chamava de "expressão gélida da Audrey". Mary se apressou em dizer:

– Me desculpe, Audrey. Não devia ter dito isto.

– Eu preferiria... não falar neste assunto, se não se importa.

– Sim, é claro. Foi muito estúpido de minha parte. Creio que eu... eu esperava que você já tivesse superado.

Audrey virou a cabeça devagar. Com o rosto sereno e inexpressivo, falou:

– Posso lhe assegurar que não há nada a ser superado. Eu... eu não tenho nenhum tipo de sentimento neste sentido. Desejo... desejo de todo coração que Kay e Nevile sejam sempre muito felizes juntos.

– Bem, é muita generosidade sua, Audrey.

– Não é uma questão de generosidade. É... apenas a verdade. Mas realmente acho que seja... bom... nada vantajoso ficar relembrando o passado: "é uma pena isso ou aquilo ter acontecido". Agora tudo já passou. Para que ficar remoendo o passado? Temos que seguir vivendo as nossas vidas no presente.

– Acho que – Mary falou simplesmente – pessoas como Kay e Ted me parecem tão interessantes por... bom, por serem tão diferentes de tudo e de todas as pessoas que já conheci.

– Sim, imagino que sejam.

– Até você – falou Mary com repentina amargura – viveu e teve experiências que provavelmente nunca deverei ter. Sei que você tem sido infeliz... muito infeliz. No entanto, não posso deixar de pensar que até mesmo isso seja melhor do que... bom... do que o nada. O vazio!

Ela pronunciou a última palavra com uma ênfase feroz.

Os olhos arregalados de Audrey pareciam assustados.

– Nunca imaginei que você se sentisse assim.

– É mesmo? – Mary Aldin riu, desculpando-se. – Ah! Foi só um acesso momentâneo de descontentamento, minha querida. Não falei a sério.

– Não deve ser muito divertido para você – disse Audrey devagar – morar aqui com Camilla, por mais que ela seja uma pessoa maravilhosa, só lendo para ela, administrando os criados, sem nunca sair daqui.

– Sou bem alimentada e abrigada – falou Mary. – Milhares de mulheres nem isso têm. E, na realidade, Audrey, estou bastante satisfeita. Tenho... – um sorriso surgiu em seus lábios por um instante – minhas distrações secretas.

– Vícios secretos? – perguntou Audrey sorrindo também.

– Ah, eu planejo coisas – disse Mary vagamente. – Na minha mente, sabe. E às vezes gosto de fazer experiências... com as pessoas. Sabe, só para ver se consigo fazer com que elas reajam ao que digo da forma que pretendo.

– Você parece quase sádica, Mary. Como a conheço pouco!

– Ah, é tudo muito inofensivo. Só um passatempo infantil.

Audrey perguntou com curiosidade:

– Você já fez essa experiência comigo?

– Não. Você é a única pessoa que sempre achei um tanto imprevisível. Nunca sei o que você está pensando.

– Talvez – disse Audrey gravemente – a recíproca seja verdadeira.

Ela estremeceu e Mary exclamou:

– Você está com frio!

– Sim. Acho que vou me vestir. Afinal é setembro.

Mary Aldin ficou sozinha, olhando fixamente para o reflexo na água. A maré estava baixando. Estirou-se na areia e fechou os olhos.

Haviam tido um belo almoço no hotel, que estava bem lotado, embora já tivesse passado o auge da temporada. Era uma porção de pessoas estranhas e de tipos bastante variados. Ah, sim, havia sido um dia de folga. Algo para quebrar a monotonia do dia a dia. Havia sido também um alívio sair daquela atmosfera de tensão, do ambiente tenso que ultimamente se instalara em Gull's Point. Não tinha sido culpa de Audrey, mas Nevile...

Seus pensamentos se dispersaram bruscamente quando Ted Latimer se atirou ao seu lado na praia.

– O que você fez com a Kay? – perguntou Mary.

Ted respondeu lacônico:

– Sua presença foi reivindicada pelo seu proprietário oficial.

Algo em seu tom de voz fez com que Mary Aldin endireitasse o corpo. Olhou para o trecho de areia dourada brilhante por onde Nevile e Kay caminhavam na beira d'água. Em seguida, olhou rapidamente para o homem ao seu lado.

Havia pensado nele como um sujeito frio, esquisito, até mesmo perigoso. Agora, pela primeira vez, havia tido o vislumbre de alguém jovem e ferido. Pensou: "Ele era apaixonado pela Kay, apaixonado mesmo, e então Nevile chegou e a levou embora..."

Falou gentilmente:

– Espero que esteja se divertindo por aqui.

Eram palavras convencionais. Mary Aldin raramente usava palavras que não fossem as convencionais – era o seu jeito de falar. Porém, pela primeira vez, seu tom era o de uma proposta de amizade. Ted Latimer respondeu:

– Tanto quanto em qualquer outro lugar.

– Sinto muito – disse Mary.

– Não, você não sente nada! Sou um estranho, e que importa o que um estranho sente ou pensa?

Ela virou-se para olhar para este jovem belo e amargo.

Ele retribuiu o olhar dela com um olhar de provocação.

Ela falou devagar, como alguém que faz uma descoberta:

– Entendo. Você não gosta de nós.

Ele riu.

– Esperava que eu gostasse?

Mary respondeu ponderadamente:

– Suponho que eu esperava isso, sim. É claro que se acaba presumindo coisas demais. Devíamos ser mais humildes. Sim, é verdade, nunca me ocorreu que você não gostasse de nós. Procuramos fazer com que fosse bem recebido... como amigo de Kay!

– Sim... como amigo de Kay!

A interrupção estava acompanhada de um intenso rancor.

Mary falou com uma sinceridade desconcertante:

– Gostaria que me dissesse... gostaria mesmo... por que não gosta de nós? O que lhe fizemos? O que há de errado conosco?

Ted falou com uma ênfase amarga na última palavra:

– São todos uns pedantes!

– Pedantes? – Mary perguntou sem rancor, analisando a acusação com uma apreciação judicial. – Sim – admitiu. – Creio que possamos passar essa impressão.

– Vocês são assim. Vocês veem todas as boas coisas da vida como se fossem coisas muito naturais. São felizes e superiores em seu mundinho isolado e fechado para a multidão das pessoas comuns. Gente como eu é vista por vocês como um animal estranho!

– Sinto muito – disse Mary.

– É verdade, não é?

– Não, não é bem assim. É bem possível que sejamos pessoas bobas e sem imaginação, contudo, não somos más. Eu mesma sou, eu diria, convencional e superficialmente pedante, como você diz. No entanto, na verdade, sou bastante humana. Neste instante, realmente sinto muito por você estar infeliz e gostaria de poder ajudar de alguma forma.

– Bem... se é assim... é muito atencioso de sua parte.

Houve um silêncio, e a seguir Mary perguntou em um tom suave:

– Você sempre foi apaixonado pela Kay?

– Sim, muito.

– E ela?

– Eu achava que sim... até que Strange apareceu.

Mary perguntou com gentileza:

– E você ainda é apaixonado por ela?

– Pensei que isso estivesse muito claro.

Depois de alguns instantes, ela perguntou com serenidade:

– Não seria melhor você ir embora daqui?

– E por que seria?

– Porque tudo o que você está conseguindo é ficar ainda mais triste.

Ele olhou para ela e riu.

– Você é uma criatura gentil – disse ele. – Mas você não sabe muito sobre os animais que se esgueiram do lado de fora do seu mundinho. Num futuro próximo, muitas coisas podem acontecer.

– Que tipo de coisas? – disse Mary prontamente.

Ele riu.

– Espere e verá.

VIII

Após trocar de roupa, Audrey seguiu caminhando pela praia até um lugar de rochas salientes onde encontrou Thomas Royde, que, sentado ali, fumava seu cachimbo, exatamente do lado oposto a Gull's Point, que se erguia branco e sereno no outro lado do rio.

Com a aproximação de Audrey, Thomas virou a cabeça, mas não se moveu. Ela sentou ao lado dele sem dizer nada. Permaneceram silenciosos, num silêncio reconfortante entre duas pessoas que certamente se conhecem muito bem.

– Como parece perto – disse Audrey por fim, quebrando o silêncio.

Thomas olhou para Gull's Point.

– Sim, poderíamos ir para casa nadando.

– Não com esta maré. Certa vez, Camilla tinha uma criada que era uma banhista empolgada, e que costumava ir e voltar a nado sempre que a maré estava conveniente. Ela pode estar bem alta ou bem baixa, mas quando a correnteza está muito forte a pessoa pode ser puxada para o fundo do rio. Foi o que aconteceu com ela um dia. A sorte dela foi ter conseguido manter a cabeça fora da água e chegar em terra firme em Easter Point, totalmente exausta.

– Não há nada avisando que é perigoso aqui.

– Não é deste lado. A corrente é do outro lado, bem mais adiante, sob os penhascos. No ano passado houve uma tentativa de suicídio... um sujeito se atirou do Stark Head, mas ficou preso numa árvore no meio do caminho e o pessoal da guarda costeira conseguiu salvá-lo.

– Coitado! – disse Thomas. – Aposto que não ficou nem um pouco agradecido. Deve ser revoltante o sujeito tomar uma decisão difícil como esta para depois acabar sendo salvo. A pessoa deve se sentir uma tola.

– Talvez hoje esteja agradecido – sugeriu Audrey sonhadora.

Ela se perguntou vagamente por onde o tal homem andaria agora e o que estaria fazendo.

Thomas soltou algumas baforadas do cachimbo. Bastava virar um pouco a cabeça para ver Audrey. Notou sua expressão grave e absorta enquanto olhava a água. Os longos cílios escuros que pousavam na linha pura do seu rosto, a pequena orelha em formato de concha...

Isso o lembrou de alguma coisa.

– Ah! A propósito, encontrei o seu brinco... o que você perdeu ontem à noite.

Enfiou os dedos no bolso. Audrey estendeu a mão.

– Ah, que bom! Onde você o encontrou? No terraço?

– Não. Estava perto da escada. Você deve tê-lo perdido quando desceu para jantar. Notei que estava sem ele durante o jantar.

– Estou contente por tê-lo de volta.

Ela apanhou o brinco. Thomas pensou que era um brinco cruelmente grande para uma orelha tão pequena. Os que ela usava agora também eram grandes.

Ele comentou:

– Você usa brincos mesmo quando toma banho na praia. Não tem medo de perdê-los?

– Ah, estes são bem simples. Detesto ficar sem brincos por causa disto.

Ela levou a mão à orelha esquerda, e Thomas se lembrou.

– Sim, sim. Aquela vez que o velho Bouncer lhe mordeu?

Audrey confirmou balançando a cabeça.

Ficaram em silêncio, recordando uma lembrança da infância. Audrey Standigh (como se chamava na época), uma criança de longas pernas finas, se abaixara para cuidar do velho Bouncer, que estava com uma pata machucada, e levou uma mordida terrível. Havia precisado levar pontos. Hoje quase nem aparecia, era apenas uma cicatriz minúscula.

– Minha querida – disse ele –, mal dá para ver a marca. Por que você se preocupa com isso?

Audrey fez uma pausa antes de responder com evidente sinceridade:

– É porque... porque simplesmente não suporto uma *deformidade*.

Thomas balançou a cabeça. Aquilo combinava com sua ideia a respeito de Audrey – e seu gosto pela perfeição. E ela própria era uma peça acabada com tanta perfeição.

Thomas falou de repente:

– Você é muito mais bonita que a Kay.

Ela respondeu de imediato.

– Ah, não, Thomas. Kay... Kay é realmente linda.

– Por fora. Apenas na superfície.

– Você está se referindo à minha bela alma? – Audrey falou com um suave tom de divertimento.

Thomas tirou as cinzas do cachimbo.

– Não – disse ele. – Creio que me referi aos seus ossos.

Audrey riu.

Thomas preparou outra cachimbada de tabaco. Ficaram em silêncio por bons cinco minutos, porém ele a olhou por mais de uma vez, embora tenha sido de uma forma tão discreta que ela nem percebeu.

Por fim, falou com serenidade:

– O que há de errado com você, Audrey?

– Errado? O que quer dizer com errado?

– Há alguma coisa errada com você.

– Não, não há nada de errado. Nada mesmo.

– Há, sim.

Ela balançou a cabeça.

– Não vai me contar?

– Não há o que contar.

– Creio que esteja sendo teimoso, mas tenho que lhe dizer... – fez uma pausa. – Audrey... será que não consegue esquecer? Não consegue se libertar de tudo isso?

Nervosa, escavou convulsivamente a rocha com suas mãos pequenas.

– Você não entende... não conseguiria nem começar a entender.

– Mas, Audrey, minha querida, eu entendo. É só isso. Eu sei.

Ela virou o rostinho vacilante para ele.

– Sei exatamente tudo o que você tem passado. E... e o que deve ter significado para você.

Ela estava agora muito pálida, todo o seu rosto estava sem cor.

– Entendo – disse ela. – Só não pensei que... que alguém soubesse.

– Bom, eu sei. Não vou mais falar nisso. No entanto, o que quero reforçar é o fato de que aquilo tudo passou... acabou e ponto final.

Ela disse em voz baixa:

– Certas coisas nunca passam.

– Olhe aqui, Audrey, não é bom ficar matutando e relembrando. Tudo bem que você passou por um período infernal. Não adianta ficar remoendo as coisas na cabeça. Olhe para a frente... e não para trás. Você é muito jovem. Tem a vida para viver, a maior parte dela ainda pela frente. Pense no que está por vir, não no que já passou.

Ela o contemplou com um olhar fixo e arregalado que peculiarmente deixava de revelar os seus verdadeiros pensamentos.

– E suponhamos que eu não consiga.

– Mas você precisa conseguir!

Audrey falou com suavidade:

– Pensei que você não compreendesse. Não sou... não sou muito normal em... algumas coisas, suponho.

Ele a interrompeu bruscamente:

– Bobagem. Você...

Ele parou.

– Eu o quê?

– Estava pensando em como você era quando menina... antes de se casar com Nevile. Por que se casou com ele?

Audrey sorriu.

– Porque me apaixonei.

– Sim, sim, eu sei disso. Mas por que se apaixonou por ele? O que o atraiu tanto nele?

Ela franziu os olhos, como se tentasse ver através dos olhos de uma menina que já não existia mais.

– Eu acho – disse ela – que foi porque ele era tão "positivo". Era o oposto do que eu mesma era. Sempre me senti uma sombra, algo pouco real. Nevile era muito real. Era tão feliz e seguro de si, tão... tão tudo o que eu não era. – E acrescentou com um sorriso: – E também muito bonito.

Thomas disse com amargura:

– Sim, o homem inglês ideal – bom nos esportes, recatado, bonito, sempre um pequeno grande senhor conseguindo perfeitamente tudo o que quer.

Audrey sentou-se muito ereta e o encarou:

– Você o odeia – falou devagar. – Você o odeia muito, não é?

Ele evitou os olhos dela e virou-se, formando uma concha com as mãos para reacender o cachimbo que se apagara.

– Não seria nada surpreendente, seria? – falou ele impreciso. – Ele tem tudo o que eu não tenho. Pratica esportes, nada, dança e sabe falar com as pessoas. E eu sou um pateta de língua presa com um braço aleijado. Ele sempre foi brilhante e bem-sucedido, ao passo que eu sempre fui um sujeito enfadonho. E ele se casou com a única garota de quem eu já gostei.

Ela emitiu um som indefinido.

– Você sempre soube disso, não é? Sabia que eu gostava de você desde que tinha quinze anos. Sabe que eu ainda gosto...

Ela o interrompeu.

– Não. Não agora.

– O que quer dizer com... não agora?

Audrey levantou-se. Disse com a voz serena e ponderada:

– Porque... agora... sou uma pessoa diferente.

– Diferente de que forma?

Ele também se levantou e ficou em pé encarando-a.

Audrey falou com a voz irritadiça e um tanto ofegante:

– Se você não sabe, não posso lhe dizer... Eu mesma nem sempre tenho certeza. Só sei que...

Ela se interrompeu e, virando-se bruscamente, caminhou apressada pelas pedras, voltando na direção do hotel.

Ao passar pelo penhasco, encontrou Nevile deitado, olhando para uma poça formada na rocha. Olhou para cima e sorriu:

– Olá, Audrey.

– Olá, Nevile.

– Estou observando um caranguejo. O coitadinho é terrivelmente ágil. Olhe, aqui está ele.

Ela se ajoelhou e olhou para onde ele apontava.

– Consegue vê-lo?

– Sim.

– Quer um cigarro?

Ela aceitou e ele o acendeu para ela. Após alguns minutos, durante os quais ela não olhara para ele, falou nervoso:

– É... Audrey?

– Sim?

– Está tudo bem, não está? Quero dizer... entre nós dois?

– Sim, é claro.

– Quero dizer... somos amigos e tudo mais?

– Ah, sim. É claro que sim.

– Realmente quero que sejamos amigos.

Olhou para ela apreensivo. Ela deu um sorriso nervoso.

Ele falou, puxando assunto:

– Foi um dia bem animado, não? O tempo agradável e tudo mais?

– Ah, sim... sim.

– Bem quente para setembro.

Houve um silêncio.

– Audrey...

Ela se levantou.

– Sua esposa deseja a sua atenção. Está acenando para você.

– Quem... ah, Kay!

– Eu disse a sua esposa.

Ele se levantou desajeitado e ficou parado olhando-a.

Falou com a voz muito baixa:

– Você é a minha esposa, Audrey...

Ela se virou, afastando-se. Nevile correu pela areia até a praia para encontrar Kay.

IX

Ao chegarem de volta a Gull's Point, Hurstall foi até o hall e falou com Mary.

– A senhorita poderia subir para ver lady Tressilian? Ela está muito abalada e gostaria de vê-la assim que chegasse.

Mary subiu apressada. Encontrou lady Tressilian pálida e trêmula.

– Mary, querida, que bom que chegou! Estou tão aflita! O sr. Treves está morto.

– Morto?

– Sim. Não é terrível? Foi tão de repente. Aparentemente ele nem ao menos chegou a trocar de roupa ontem à noite. Deve ter morrido assim que chegou ao hotel.

– Ah, minha querida, sinto muito.

– Sabe-se, é claro, que sua saúde era delicada e seu coração fraco. Espero que, enquanto ele esteve aqui, não tenha acontecido nada que pudesse tê-lo exposto a uma tensão excessiva. Não serviram nada indigesto no jantar?

– Acho que não... não, tenho certeza que não. Ele parecia muito bem e animado.

– Estou realmente muito aflita. Mary, gostaria que fosse até o Balmoral Court e obtivesse mais informações com a sra. Rogers. Pergunte a ela se há alguma coisa que possamos fazer. Em consideração a Matthew, gostaria de fazer qualquer coisa que esteja ao nosso alcance. Essas coisas são tão desagradáveis em um hotel.

Mary falou com firmeza.

– Querida Camilla, não se preocupe. Foi um choque muito grande para a senhora.

– Certamente foi.

– Irei ao Balmoral Court agora mesmo e em seguida estarei de volta para lhe contar tudo.

– Obrigada, Mary, querida. Você é sempre tão prática e compreensiva.

– Por favor, agora tente descansar. Um choque como este é muito ruim para a senhora.

Mary Aldin saiu do quarto e desceu a escada. Ao entrar na sala de estar, exclamou:

– O velho sr. Treves está morto. Morreu ontem à noite após voltar para o hotel.

– Coitado! – exclamou Nevile. – Como foi?

– Aparentemente, foi o coração. Teve um colapso assim que chegou.

Thomas Royde falou pensativo:

– Terá sido a escada?

– Escada? – Mary olhou-o interrogativa.

– Sim. Quando Latimer e eu o deixamos, ele havia começado a subir a escada. Até o advertimos para que subisse devagar.

Mary exclamou:

– Mas que insensato não pegar o elevador!

– O elevador estava enguiçado.

– Ah, entendo. Que coisa lamentável! Pobre velho.

E acrescentou:

– Vou até lá agora. Camilla quer saber se podemos fazer alguma coisa.

– Vou com você.

Caminharam juntos pela estrada e, nas proximidades do Balmoral Court, Mary comentou:

– Será que ele tem algum parente que deva ser comunicado?

– Ele não mencionou ninguém.

– Não, e as pessoas normalmente falam. Dizem "minha sobrinha" ou "meu primo".

– Ele era casado?

– Creio que não.

Atravessaram a porta aberta do Balmoral Court.

A sra. Rogers, a proprietária, estava falando com um homem alto de meia-idade, que ergueu a mão cordialmente para cumprimentar Mary.

– Boa tarde, srta. Aldin.

– Boa tarde, dr. Lazenby. Este é o sr. Royde. Viemos até aqui para trazer um recado de lady Tressilian, que quer saber se há alguma coisa que possamos fazer.

– É muita gentileza sua, srta. Aldin – falou a proprietária do hotel. – Por favor, venha até a minha sala.

Todos entraram na pequena e confortável sala de visitas, e o dr. Lazenby falou:

– O sr. Treves jantou na sua casa ontem, não foi?

– Sim.

– E que tal ele estava? Demonstrava algum sinal de dor ou aflição?

– Não, ele parecia muito bem e disposto.

O médico assentiu com a cabeça.

– Sim, isto é o pior desses casos de problemas cardíacos. A morte é quase sempre repentina. Tive que olhar as prescrições médicas dele lá em cima, e pareceu-me muito claro que seu estado de saúde estivesse bastante precário. É claro que deverei me comunicar com seu médico de Londres.

– Ele sempre se cuidava muito – disse a sra. Rogers. – E estou certa de que o cuidamos da melhor maneira possível.

– Tenho certeza disso, sra. Rogers – disse o médico com cuidado. – Sem dúvida, deve ter sido apenas algum pequeno esforço extra, diferente do que estava acostumado a fazer.

– Como subir a escada – sugeriu Mary.

– Sim, poderia ser isso. Na verdade, é quase certo que seria... isto é, se por acaso tivesse subido estes três lances da escadas. Porém, ele certamente nunca fez algo assim.

– Ah, não – disse a sra. Rogers. – Ele sempre usava o elevador. Sempre. Era muito meticuloso.

– Quero dizer – disse Mary – que com o elevador estando enguiçado ontem à noite...

A sra. Rogers a olhou surpresa.

– Mas o elevador não estava enguiçado ontem, srta. Aldin.

Thomas tossiu.

– A senhora me desculpe – disse Royde –, mas vim até aqui com o sr. Treves ontem à noite. Havia um cartaz no elevador onde dizia: "Enguiçado".

A sra. Rogers olhou-o com espanto.

– Bom, é estranho. Afirmei que não havia nada de errado com o elevador... e, de fato, tenho certeza disso. Saberia caso houvesse algum problema. Aliás, não temos tido nenhum problema com o elevador (bateu na madeira) há... há uns bons oito meses. É muito seguro.

– Quem sabe talvez – sugeriu o médico – algum carregador ou cabineiro tenha colocado o aviso quando estava de folga.

– É um elevador automático, doutor. Não precisa ser operado por ninguém.

– Ah, sim, é verdade. Tinha esquecido.

– Vou conversar com Joe – disse a sra. Rogers. E saiu alvoroçada da sala, chamando-o: – Joe! Joe!

O dr. Lazenby olhou curioso para Thomas.

– Desculpe, mas o senhor tem certeza, sr... er...

– Royde – interveio Mary.

– Certeza absoluta – disse Thomas.

A sra. Rogers voltou com o carregador. Joe foi enfático ao afirmar que não havia nada de errado com o elevador na noite anterior. O tal cartaz que Thomas descrevera de fato existia, porém estava enfiado embaixo da escrivaninha e não era usado há mais de um ano.

Todos se olharam e concordaram que era uma coisa muito misteriosa. O médico sugeriu que poderia ter sido alguma brincadeira por parte de algum hóspede do hotel, e, por força das circunstâncias, o houvessem deixado ali.

Em resposta às perguntas de Mary, o dr. Lazenby explicou que o motorista do sr. Treves havia fornecido o endereço dos advogados dele, com quem iria se comunicar e depois procuraria lady Tressilian para dizer-lhe como seria organizado o funeral.

Depois disso, o ocupado e alegre médico saiu apressado, enquanto Mary e Thomas caminharam lentamente de volta para Gull's Point.

Mary falou:

– Você tem certeza absoluta de ter visto o tal aviso, Thomas?

– Tanto eu como Latimer o vimos.

– Que coisa estranha! – disse ela.

X

Era 12 de setembro.

– Só mais dois dias – disse Mary Aldin.

Em seguida mordeu o lábio e enrubesceu.

Thomas a olhou pensativo.

– É assim que você se sente quanto a isso?

– Não sei o que está havendo comigo – disse Mary. – Nunca, em toda a minha vida, fiquei tão ansiosa para que uma visita fosse embora logo. E em geral adoramos ter Nevile por aqui. E Audrey também.

Thomas balançou a cabeça.

– Mas desta vez – continuou ela – a gente se sente como se estivéssemos sentados em uma dinamite. Foi por isso que a primeira coisa que falei a mim mesma hoje pela manhã foi: "Só mais dois dias". Audrey vai embora na quarta-feira, e Nevile e Kay na quinta.

– E eu irei na sexta – disse Thomas.

– Ah, não, não me referi a você. Você tem sido o meu melhor apoio. Não sei o que teria feito sem você.

– Um para-choque humano?

– Mais do que isso. Você tem sido tão gentil e tão... tão sereno. Deve soar um tanto ridículo o que estou dizendo, mas é realmente o que melhor expressa o que quero dizer.

Thomas parecia satisfeito, embora um pouco constrangido.

– Não entendo por que temos todos estado tão tensos – disse Mary pensativa. – Afinal, se houvesse uma... uma explosão de fúria, seria uma situação delicada e constrangedora, mas nada além disso.

– Mas você sente que há mais alguma coisa.

– É, há sim, certa sensação de apreensão. Até os criados sentem. Hoje pela manhã, a copeira irrompeu em lágrimas e se demitiu... sem absolutamente nenhum motivo. A cozinheira está sobressaltada, Hurstall anda muito impaciente e até Barrett, que normalmente é calma como um couraçado, tem mostrado sinais de nervosismo. E tudo porque Nevile teve essa ideia ridícula de querer que sua atual e sua ex-esposa se tornassem amigas, ajudando-o assim a aliviar a própria consciência.

– Em cuja ideia inventiva fracassou por completo – observou Thomas.

– Sim, é verdade. Kay está... está começando a ficar fora de si. E, de fato, Thomas, não posso deixar de ser solidária com ela. – Fez uma pausa. – Você notou o jeito como Nevile olhava para a Audrey enquanto ela subia a escada ontem à noite? Ele ainda gosta dela, Thomas. Foi tudo um grande e terrível engano.

Thomas começou a encher o cachimbo.

– Ele deveria ter pensado nisso antes – falou com voz firme.

– É, eu sei, é o que todos acham. Isso, porém, não altera o fato de que tudo continue sendo tão trágico. Não posso deixar de sentir pena de Nevile.

– Pessoas como Nevile... – Thomas começou a falar, depois parou.

– Sim?

– Pessoas como Nevile acham que sempre podem ter tudo do jeito que desejam... e ter tudo o que desejam também. Não creio que Nevile tenha tido algum contratempo na vida antes de se deparar com esse assunto da Audrey. Bom, agora aconteceu, e ele não pode ter a Audrey. Ela está fora do seu alcance. E não vai adiantar ele se revirar para tê-la de volta. Terá de conviver com isso.

– Imagino que você esteja certo. Porém talvez esteja sendo rigoroso demais. Audrey era tão apaixonada por Nevile quando se casou com ele... e sempre se deram tão bem.

– Bem, hoje ela já não é mais apaixonada por ele.

– Duvido – murmurou Mary entre dentes.

Thomas continuou:

– E lhe digo mais. Nevile devia abrir o olho com a Kay. É o tipo de mulher perigosa... realmente perigosa. Se ela perder o controle, nada conseguirá detê-la.

– Minha nossa! – Mary suspirou e voltou ao seu comentário inicial, dizendo esperançosa: – Bom, só mais dois dias.

As coisas andaram bem difíceis nos últimos quatro ou cinco dias. A morte do sr. Treves fora um choque para lady Tressilian, o que tivera consequências adversas para a sua saúde. O funeral ocorrera em Londres, o que foi um alívio para Mary, pois possibilitou que a velha lady Tressilian se desligasse mais depressa desse evento tão triste. O aspecto da casa estava nervoso e difícil, e Mary se sentia cansada e deprimida esta manhã.

– Em parte é o tempo – disse em voz alta. – Não está normal.

De fato, estava um calor fora do comum para o mês de setembro. Por vários dias, o termômetro havia marcado vinte graus à sombra.

Nevile saíra da casa para dar uma caminhada e aproximou-se deles no momento em que Mary falava.

– Culpando o tempo? – perguntou ele, dando uma olhada para o céu. – É mesmo incrível. Hoje está mais quente que nunca. E não há vento. Deixa todo mundo um pouco irritado, de alguma maneira. No entanto, o dia está abafado demais e deve chover em breve.

Thomas Royde foi se afastando aos poucos com seu ar de desinteresse, e agora desaparecera por trás da casa.

– A retirada do obscuro Thomas – disse Nevile. – Não se pode dizer que demonstre qualquer satisfação com a minha companhia.

– Ele é uma pessoa encantadora – disse Mary.

– Discordo. É o tipo de sujeito tacanho e cheio de preconceitos.

– Creio que ele sempre teve a esperança de casar-se com Audrey. Mas aí você apareceu e estragou tudo.

– Ele teria levado uns sete anos até decidir-se e pedi-la em casamento. Será que ele esperava que a pobre moça ficasse esperando até que tomasse a sua decisão?

– É possível que agora – disse Mary deliberadamente – tudo se acerte.

Nevile olhou-a erguendo a sobrancelha.

– O verdadeiro amor recompensado? Audrey casar-se com aquele esquisitão? Ela é boa demais para isso. Não, não consigo ver Audrey casada com o obscuro Thomas.

– Acho que ela gosta muito dele, Nevile.

– Que grandes casamenteiras vocês mulheres sempre são! Não podem deixar que a Audrey aproveite um pouco a sua liberdade?

– Certamente. Se é que ela está aproveitando.

Nevile falou prontamente:

– Você acha que ela não está feliz?

– Na verdade, não tenho a menor ideia.

– Eu também não – falou ele devagar. – A gente nunca sabe o que Audrey está sentindo. – Fez uma pausa e em seguida acrescentou: – Mas a Audrey é de uma linhagem cem por cento pura. Ela é toda íntegra.

Depois falou, mais para si mesmo do que para Mary:

– Meu Deus, como fui idiota!

Mary voltou para a casa um pouco preocupada. Pela terceira vez, repetiu para si mesma as palavras de conforto: "Só mais dois dias".

Nevile perambulou inquieto pelo jardim e pelo terraço.

Encontrou Audrey bem na extremidade do jardim, sentada num muro baixo, olhando para a água lá embaixo. A maré estava alta e o rio cheio.

Levantou-se imediatamente e foi na direção dele.

– Já estava voltando para casa. Deve estar perto da hora do chá.

Ela falara depressa e nervosa, sem olhá-lo.

Ele caminhou ao seu lado sem dizer nada.

Só quando chegaram ao terraço ele falou:

– Posso falar com você, Audrey?

Ela respondeu apressada, com os dedos agarrando com força a borda do parapeito:

– Acho melhor não.

– Isto significa que você sabe o que quero lhe dizer.

Ela não respondeu.

– E então, Audrey? Não podemos voltar a ser o que éramos? Esquecer tudo o que aconteceu?

– Inclusive a Kay?

– Kay – disse Nevile – será razoável.

– O que você quer dizer com razoável?

– Simplesmente isto. Irei até ela e contarei a verdade, entregando-me à generosidade dela. Direi a ela que você é a única mulher a quem amei, o que é a pura verdade.

– Você amava Kay quando se casou com ela.

– Meu casamento com Kay foi o maior erro que já cometi. Eu...

Ele se deteve. Kay saíra pela porta envidraçada da sala de estar. Caminhou na direção deles e, ante a fúria em seus olhos, até mesmo Nevile recuou um pouco.

– Sinto interromper esta cena comovente – disse ela. – Mas acho que já era hora.

Audrey afastou-se.

– Deixarei vocês a sós.

Seu rosto e sua voz não demonstravam nenhuma emoção.

– Tudo bem – disse Kay. – Você já fez todo o estrago que queria, não é? Cuidarei de você depois. Neste momento prefiro ouvir as explicações do Nevile.

– Olhe aqui, Kay, a Audrey não tem absolutamente nada a ver com isto. Não é culpa dela. Culpe a mim, se quiser.

– Pode ter certeza que sim – disse ela, com os olhos queimando de raiva. – Que tipo de homem você acha que é?

– Um tipo infeliz – disse Nevile com amargura.

– Você deixa sua mulher, vem obstinado atrás de mim e consegue que ela lhe dê o divórcio. Num minuto está louco por mim, no próximo já se cansou! Agora suponho que queira voltar para aquela gata trapaceira, pálida e chorona...

– Pare com isso, Kay!

– Bem, o que você quer?

Muito pálido, Nevile falou:

– Sou qualquer coisa que você queira me chamar. Mas não vai adiantar, Kay, não posso ir adiante. Acho que... na verdade... sempre fui apaixonado pela Audrey. O meu amor por você foi... foi uma espécie de loucura. Mas não adianta, minha querida... nós dois não nos pertencemos. Sei que não conseguiria fazê-la feliz por muito tempo. Acredite, Kay, é melhor amenizarmos as nossas mágoas e tentarmos nos separar como amigos. Tente ser solidária.

Kay falou com uma voz serena e enganosa:

– O que exatamente você está sugerindo?

Nevile não olhou para ela. Seu rosto assumiu uma feição obstinada.

– Podemos nos divorciar. Você pode se divorciar de mim alegando abandono do lar.

– Há um prazo a ser respeitado. Você terá que esperar algum tempo.

– Eu posso esperar – disse Nevile.

– E aí, depois de três anos ou o tempo que for necessário, você pedirá a doce e querida Audrey em casamento outra vez?

– Se ela me aceitar...

– Ela o aceitará, não tenho dúvidas! – disse Kay maldosamente. – E eu como fico?

– Você ficará livre para encontrar um homem melhor que eu. É claro que cuidarei para que fique com uma boa situação financeira...

– Não quero saber do seu suborno! – ela levantou a voz, descontrolando-se. – Escute aqui, Nevile, você não pode fazer isso comigo. Não vou me divorciar de você. Casei com você porque o amava. Sei quando você começou a se voltar contra mim, foi logo depois que lhe contei que o havia seguido até o Estoril. Você preferiria achar que tudo havia sido obra do destino. O que deixou a sua vaidade contrariada foi saber que havia sido eu. Bom, não tenho nenhuma vergonha do que fiz. Você se apaixonou por mim e se casou comigo, e não vou deixar que volte para aquela gata espertinha que fez de tudo para fisgá-lo outra vez. Foi ela que armou tudo isso... mas ela não vai conseguir! Mato você antes disso. Você ouviu bem? Mato você. E mato ela também. Mato vocês dois. Vou...

Nevile aproximou-se dela e segurou-lhe pelo braço.

– Cale a boca, Kay. Pelo amor de Deus, você não pode fazer uma cena destas aqui.

– Não posso? Você vai ver. Eu...

Hurstall aparecera no terraço. Seu rosto estava um tanto impassível.

– O chá está servido na sala de estar – anunciou ele.

Kay e Nevile caminharam lentamente até a porta que dava para a sala de visitas.

No céu, as nuvens se amontoavam.

XI

A chuva começara a cair às quinze para as sete. Nevile a observava da janela do quarto. Ele e Kay não haviam conversado mais. Depois do chá, evitaram-se mutuamente.

Naquela noite, o jantar havia sido formal e enfadonho. Nevile estivera mergulhado nas suas preocupações; o rosto de Kay mostrara uma quantidade de maquiagem muito maior do que a usual; e Audrey estava ali sentada como um fantasma congelado. Mary Aldin fizera o possível para manter algum tipo de conversa em andamento e ficara um pouco aborrecida com Thomas Royde por ele não ter sido de grande ajuda.

Hurstall estava nervoso e suas mãos tremiam quando serviu as saladas.

Quando a refeição estava quase terminando, Nevile falou com elaborada casualidade:

– Acho que após o jantar irei até Easterhead visitar Latimer. Possivelmente jogaremos uma partida de bilhar.

– Leve a chave – disse Mary – para o caso de voltar tarde.

– Obrigado. Vou levar, sim.

Foram para a sala de estar, onde o café foi servido.

Ligaram o rádio e as notícias foram uma distração bem recebida.

Kay, que bocejara ostensivamente desde o jantar, disse que iria subir para o quarto. Estava com dor de cabeça.

– Já tomou uma aspirina? – perguntou Mary.

– Sim, obrigada.

E saiu da sala.

Nevile mudou a estação de rádio e colocou um programa de música. Calado, sentou no sofá durante algum tempo. Não olhou nenhuma vez para Audrey, porém sentara-se encolhido, com o ar de um garotinho infeliz. Mesmo contra sua vontade, Mary sentiu muita pena dele.

– Bom – disse finalmente, levantando-se –, é melhor ir logo.

– Você vai de carro ou de barca?

– Ah, de barca. Não faz sentido dirigir quase 25 quilômetros. E ainda será agradável caminhar um pouco.

– Está chovendo, sabia?

– Sim, eu sei. Vou com a capa.

Foi até a porta e despediu-se:

– Boa noite.

No hall, Hurstall foi até ele:

– Por favor, senhor, poderia subir para falar com lady Tressilian? Ela gostaria especialmente de vê-lo.

Nevile olhou para o relógio. Já eram quase dez horas.

Encolheu os ombros e subiu a escada, foi até o quarto de lady Tressilian e bateu na porta. Enquanto esperava que ela o mandasse entrar, ouvia as vozes das outras pessoas lá embaixo no hall. Esta noite parecia que todos iam dormir cedo.

– Entre – disse a voz clara de lady Tressilian.

Nevile entrou, fechando a porta atrás de si.

Lady Tressilian já estava pronta para dormir. Todas as lâmpadas estavam apagadas, exceto a da mesa de cabeceira. Ela estava lendo, porém agora havia fechado o livro. Olhou para Nevile por cima dos óculos. Foi, de certa forma, um olhar assustador.

– Quero lhe falar, Nevile.

Nevile sorriu vagamente, dizendo:

– Sim, senhora diretora.

Apesar da brincadeira, ela não sorriu.

– Há certas coisas que não permitirei na minha casa, Nevile. Não tenho nenhuma vontade de ouvir as conversas particulares de ninguém, mas se você e sua esposa insistem em gritar um com o outro bem debaixo da janela do meu quarto, dificilmente poderia deixar de ouvir o que dizem. Pelo que pude entender, você estava esboçando um plano no qual Kay se divorciaria de você e, dentro do devido prazo, você se casaria com Audrey outra vez. Isto é algo que você simplesmente não pode fazer, Nevile. E não quero mais ouvir falar nisso nem por um segundo.

Nevile parecia estar fazendo um tremendo esforço para se controlar.

– Peço desculpas pela cena – falou, breve. – Porém, quanto ao resto do que disse, sem dúvida é um problema meu!

– Não é, não. Você usou a minha casa para se encontrar com Audrey, ou então foi Audrey quem usou...

– Ela não fez nada disso. Ela...

Lady Tressilian levantou a mão, interrompendo-o:

– De qualquer maneira, Nevile, você não pode fazer isso. Kay é sua esposa. Ela tem certos direitos que você não pode revogar. Quanto a isto, estou inteiramente do lado de Kay. Você fez a cama, agora deve deitar-se nela. Seu dever agora é com Kay, e estou lhe dizendo com bastante clareza que...

Nevile deu um passo à frente. Elevou o tom de voz:

– Isso não tem absolutamente nada a ver com você...

– E tem mais – lady Tressilian continuou, ignorando o protesto dele. – Audrey deixará esta casa amanhã.

– A senhora não pode fazer isso! Não vou permitir isso...

– Não grite comigo, Nevile.

– Estou lhe dizendo que não vou tolerar isso...

Em algum lugar do corredor, uma porta se fechou...

XII

Alice Bentham, a criada de olhos cinzentos embotados, chegou meio perturbada para falar com a sra. Spicer, a cozinheira.

– Sra. Spicer, não sei exatamente o que devo fazer.

– O que houve, Alice?

– É a srta. Barrett. Levei-lhe sua xícara de chá há mais de uma hora. Ela dormia profundamente e nem notou, e eu não quis acordá-la. Então, há cinco minutos, voltei lá outra vez, porque ela não havia descido e o chá de lady Tressilian já estava pronto para que ela o levasse. Entrei lá novamente e ela continua dormindo... não consegui movê-la.

– Tentou sacudi-la?

– Sim, sra. Spicer, cheguei a sacudi-la com força, mas ela continua ali deitada, e está com uma cor horrível.

– Meu Deus! Ela não está morta, está?

– Não, não, sra. Spicer, porque pude ouvi-la respirar, só que é uma respiração estranha. Acho que está doente ou alguma coisa assim.

– Bom, vou até lá para ver. Você levará o chá de lady Tressilian. É melhor preparar uma nova xícara. Ela deve estar se perguntando o que terá acontecido.

Obediente, Alice fez o que lhe foi mandado, enquanto a sra. Spicer ia até o segundo andar.

Levando a bandeja pelo corredor, Alice bateu na porta do quarto de lady Tressilian. Depois de bater duas vezes sem obter resposta, entrou assim mesmo. Um instante depois houve um estrondo de louça quebrada e uma série de gritos desesperados. Alice saiu do quarto correndo e desceu as escadas, onde encontrou Hurstall que passava pelo hall em direção à sala de jantar.

– Sr. Hurstall... devem ter entrado ladrões, e lady Tressilian está morta, assassinada, com um buraco enorme na cabeça e sangue por todo lado...

Um toque suspeito

I

O superintendente Battle havia aproveitado as férias. Ainda restavam três dias para terminarem e ele estava um pouco desapontado com a mudança do tempo e a chegada da chuva. No entanto, o que se poderia esperar na Inglaterra? Até então tivera muitíssima sorte.

Estava tomando o café da manhã com o inspetor James Leach, seu sobrinho, quando o telefone tocou.

– Irei em seguida, senhor – Jim repôs o telefone no gancho.

– Alguma coisa grave? – perguntou o superintendente Battle, notando a expressão no rosto do sobrinho.

– Um assassinato. Lady Tressilian. Uma velha senhora muito conhecida por aqui, uma inválida. É dona daquela casa em Saltcreek que fica bem em cima do penhasco.

Battle assentiu com a cabeça.

– Vou até lá para falar com o velho (era dessa forma desrespeitosa que Leach se referia ao chefe de polícia). Ele era amigo dela. Iremos até lá juntos.

Ao andar até a porta, falou em tom de súplica:

– O senhor vai me ajudar nisso, não é tio? É o meu primeiro caso de assassinato.

– Enquanto estiver por aqui, eu ajudo. É um caso de furto e arrombamento, não?

– Ainda não sei.

II

Meia hora depois, o chefe de polícia, major Robert Mitchell, falava em tom grave com o tio e o sobrinho.

– Ainda é cedo para afirmar – disse – mas uma coisa me parece clara. Isso não foi um trabalho de pessoas estranhas. Não levaram nada, nem há sinais de arrombamento. Todas as portas e janelas foram encontradas fechadas hoje pela manhã.

Olhou diretamente para Battle.

– Se eu solicitasse à Scotland Yard, será que eles o colocariam neste caso? Veja bem, o senhor já está no local. E ainda há o seu parentesco com Leach. Isto é, caso o senhor esteja disposto, uma vez que isso significa encurtar suas férias.

– Por mim, tudo bem – disse Battle. – No mais, o senhor terá que falar com sir Edgar e informá-lo sobre o caso (sir Edgar Cotton era o oficial assistente), mas creio que ele seja seu amigo, não?

Mitchell balançou a cabeça concordando.

– Sim, acho que posso resolver tudo com Edgar. Está tudo certo, então! Vou tratar disso agora mesmo.

Ele falou ao telefone:

– Ligue-me com a Yard.

– O senhor acha que vai ser um caso importante? – perguntou Battle.

Mitchell respondeu sério:

– Será um caso em que não poderemos admitir a possibilidade de cometer erros. Precisamos ter certeza absoluta em relação à identidade de nosso homem – ou de nossa mulher, é claro.

Battle assentiu com a cabeça. Compreendera muito bem que havia algo por trás daquelas palavras.

"Ele pensa que sabe quem é o assassino", disse para si mesmo, "mas não aprecia essa possibilidade. Deve ser alguém bastante conhecido e estimado ou não me chamo Battle!"

III

Battle e Leach estavam parados na soleira da porta do quarto, belo e mobiliado com bom gosto. No chão, à frente deles, um policial examinava com cuidado o cabo de um taco de golfe – dos bem pesados – em busca de impressões digitais. A ponta do taco estava suja de sangue e tinha um ou dois fios de cabelo branco presos a ele.

Ao lado da cama, o dr. Lazenby, o médico que atendia a polícia local, estava inclinado sobre o corpo de lady Tressilian.

Ele endireitou o corpo, soltando um suspiro.

– Foi um golpe perfeitamente reto. Ela foi atingida de frente com uma força incrível. O primeiro golpe esmagou o osso e a matou, porém, para ter certeza, o assassino a golpeou outra vez. Não vou enfeitar usando termos complicados, mas sim a linguagem do senso comum.

– Há quanto tempo ela está morta? – perguntou Leach.

– Eu diria que tudo deve ter ocorrido entre dez horas e meia-noite.

– O senhor não tem como ser mais preciso?

– Não creio. É preciso levar em conta vários fatores. Hoje em dia não se condenam pessoas com base no *rigor mortis*. Não foi nem antes das dez nem depois da meia-noite.

– E ela foi atingida com este taco?

O médico deu uma olhada no taco.

– É provável que sim. Se bem que é muita sorte o assassino tê-lo deixado aqui. Pelo tipo de ferimento, não conseguiria ter deduzido que a arma do crime se tratasse de um taco de golfe. O lado pontiagudo não chegou a tocá-la, como normalmente aconteceria. Foi o ângulo posterior do taco que deve tê-la atingido.

– Este não teria sido o jeito mais difícil de atingi-la? – perguntou Leach.

– Sim, se tivesse sido proposital – concordou o médico. – Só posso supor que, por um estranho acaso, aconteceu desta forma.

Leach levantou as mãos, tentando reconstruir o golpe instintivamente.

– Estranho – comentou.

– Sim – disse o médico, pensativo. – Foi tudo muito estranho. Veja, ela foi atingida na têmpora direita, mas seja lá quem tenha desferido o golpe deve ter ficado do lado direito da cama, de frente para a cabeceira, pois não haveria espaço do lado esquerdo. O ângulo formado entre a parede e a cama é muito pequeno.

Leach aguçou os ouvidos.

– Canhoto então? – indagou.

– Não poderia me comprometer a este ponto – afirmou Lazenby. – Há inúmeras armadilhas. Se preferir, eu diria que a explicação mais fácil é sempre que o assassino era canhoto, porém existem outras maneiras de justificar os fatos. Vamos supor, por exemplo, que a velha senhora tenha virado ligeiramente a cabeça quando foi atingida. Ou que o homem tenha afastado a cama antes e ficado do lado esquerdo, para depois colocá-la de volta no lugar.

– Não é muito provável... esta última explicação.

– Talvez não, mas poderia ter acontecido. Tenho alguma experiência nessas coisas e posso lhe afirmar que a dedução de que o golpe fatal tenha sido dado por um canhoto pode ser cheia de armadilhas.

Do chão, o sargento detetive Jones observou:

– Este é um taco de golfe comum para pessoas destras.

Leach concordou com a cabeça.

– Mesmo assim, pode não pertencer ao homem que o usou. Foi um homem, não é, doutor?

– Não necessariamente. Se a arma do crime foi este taco pesado, uma mulher poderia muito bem ter conseguido usá-la para dar uma pancada violenta.

O superintendente Battle disse com sua voz calma:

– Mas o senhor não pode jurar que foi esta a arma do crime, pode, doutor?

Rapidamente, Lazenby olhou-o, interessado.

– Não. Posso apenas jurar que o taco *poderia* ter sido a arma usada, e que presumivelmente *foi* a arma usada no crime. Vou analisar o sangue para ter certeza se é do mesmo tipo sanguíneo... e também os fios de cabelo.

– Sim – disse Battle em tom de aprovação. – É sempre bom ser minucioso.

Lazenby perguntou com curiosidade:

– O senhor tem dúvidas quanto ao taco de golfe também, superintendente?

Battle balançou a cabeça.

– Não, não. Sou um homem simples e gosto de acreditar nas coisas que vejo com os meus próprios olhos. Ela foi atingida com alguma coisa pesada... e isto é pesado. Há sangue e cabelo no taco que são presumivelmente de lady Tressilian. Logo, esta foi a arma usada no crime.

Leach perguntou:

– Ela estava acordada ou dormindo quando foi atacada?

– Em minha opinião, estava acordada. Há em seu rosto uma expressão de espanto. Eu diria – e isto é apenas uma opinião – que ela não esperava o que iria acontecer. Não há nenhum sinal de qualquer tentativa de luta – nem expressão alguma de horror ou de medo. Assim, de improviso, diria que ou ela tinha acabado de acordar e, por estar meio confusa, não chegou a entender o que estava acontecendo, ou então reconheceu em seu agressor alguém que ela julgava que jamais lhe desejaria mal algum.

– A lâmpada de cabeceira era a única acesa – disse Leach pensativo.

– Sim, isso pode significar duas coisas. Ou ela pode tê-la ligado, quando acordou de repente com a entrada de alguém no quarto, ou poderia já estar ligada.

O sargento detetive Jones levantou-se do chão e, com um sorriso satisfeito, afirmou:

– Há um belo conjunto de impressões digitais neste taco. Não poderiam ser mais nítidas.

Leach deu um profundo suspiro.

– Isto deve simplificar as coisas – afirmou.

– Que sujeito prestativo – disse o dr. Lazenby. – Deixou a arma... deixou suas impressões digitais... me admiro não ter deixado o seu cartão de visita!

– Pode ser que tenha perdido a cabeça – disse o superintendente Battle. – Às vezes acontece.

O médico concordou.

– É verdade. Bom, agora devo ir e cuidar de minha outra paciente.

– Que paciente? – Battle pareceu subitamente interessado.

– Fui chamado pelo mordomo um pouco antes disto ser descoberto. Hoje pela manhã, a empregada de lady Tressilian foi encontrada em estado de coma.

– O que houve com ela?

– Estava totalmente dopada com um barbitúrico. Está muito mal, mas vai sobreviver.

– A empregada? – disse Battle. Seus imensos olhos dirigiram-se expressivamente para o grande cordão da campainha, cuja borla pousava sobre o travesseiro perto da mão da mulher.

Lazenby concordou com a cabeça.

– Exatamente. É a primeira coisa que lady Tressilian teria feito caso se alarmasse: puxar a campainha e chamar a empregada. Bom, sendo assim, ela poderia puxar até a morte. A empregada jamais ouviria.

– Isso foi providenciado por alguém, não? – disse Battle. – O senhor tem certeza disso? Tem certeza de que ela não tinha o hábito de tomar remédios para dormir?

– Tenho certeza que não. Não há sinais disso em seu quarto. E já descobrimos como acabou ingerindo a droga. Todas as noites, ela costumava tomar um chá, uma infusão feita de sene, onde a droga foi colocada.

O superintendente Battle falou, coçando o queixo:

– Humm. Alguém que está bastante familiarizado com os hábitos desta casa. O senhor sabe, doutor, este assassinato é um caso muito estranho.

– Bem – disse Lazenby –, o problema é todo de vocês.

– É um bom homem o nosso médico – Leach falou logo que Lazenby saiu do quarto.

Agora estavam sozinhos. Já haviam tirado fotografias e registrado medidas. Os dois policiais já haviam tomado conhecimento acerca de todos os fatos que precisavam saber sobre o quarto onde o crime fora cometido.

Battle balançou a cabeça em resposta ao comentário do sobrinho. Parecia intrigado com alguma coisa.

– Você acha que alguém poderia ter usado este taco... digamos, usando luvas, depois que essas impressões digitais já tivessem sido deixadas?

Leach negou, balançando a cabeça.

– Não, e você também não acha. Ninguém poderia ter segurado, quero dizer, usado o taco sem borrar as impressões. E não estavam borradas. Ao contrário, estavam totalmente nítidas, como você mesmo viu.

Battle concordou.

– E agora pediremos gentil e educadamente que todos permitam que tiremos suas impressões digitais... sem coação, é claro. E todos concordarão... e, depois disso, temos duas possibilidades. Ou nenhuma das impressões digitais coincidirá com estas ou então...

– Ou então teremos apanhado o nosso assassino?

– Suponho que sim. Ou, talvez, a nossa assassina?

Leach balançou a cabeça negativamente.

– Não, não foi uma mulher. Essas impressões deixadas no taco são de um homem. São grandes demais para serem de uma mulher. E depois este não é um crime com traços femininos.

– Não, você está certo – concordou Battle. – É um crime com características bem masculinas. Brutal, masculino, bastante atlético e ligeiramente idiota. Conhece alguém da casa que seja assim?

– Ainda não conheço ninguém nessa casa. Estão todos reunidos na sala de jantar.

Battle foi em direção à porta.

– Vamos até lá dar uma olhada neles.

Olhou sobre o ombro em direção à cama, balançou a cabeça e comentou:

– Não gosto daquele cordão da campainha.

– O que tem o cordão?

– Não se encaixa no ambiente.

Ao abrir a porta, acrescentou:

– Fico pensando: quem poderia querer matá-la? Há muitas velhas rabugentas por aí pedindo para levar uma pancada na cabeça. Ela não parecia ser deste tipo. Imagino que fosse uma pessoa de quem todos gostavam.

Calou-se por um instante, depois perguntou:

– Ela era rica, não? Com sua morte, quem fica com o dinheiro?

Leach respondeu à implicação das palavras de Battle:

– O senhor acertou em cheio! Esta será a resposta. É uma das primeiras coisas a se descobrir.

Enquanto desciam as escadas, Battle deu uma olhada na lista que trazia na mão. Leu em voz alta:

– Srta. Aldin, sr. Royde, sr. Strange, sra. Strange, sra. Audrey Strange. Hum, a família Strange parece ser um pouco grande demais.

– São as duas esposas dele, ouvi dizer.

Battle murmurou levantando as sobrancelhas:

– Um Barba Azul, então?

A família estava reunida em torno da mesa de jantar, numa simulação de refeição.

O superintendente Battle olhou com atenção para os rostos virados para ele, os quais avaliava de acordo com os seus métodos peculiares. Ficariam surpresos caso soubessem da sua opinião a respeito deles. Era uma opinião rigorosamente preconceituosa. Sem dar importância ao fato de a lei considerar todas as pessoas inocentes até que se prove o contrário, o superintendente Battle sempre considerava todos os envolvidos num caso de assassinato como possíveis assassinos.

Olhou desde Mary Aldin, que estava sentada ereta e pálida à cabeceira da mesa; passando por Audrey, sentada com a cadeira recuada e com um pires e uma xícara de café na mão direita e um cigarro na esquerda; por Nevile, que parecia atordoado e confuso, tentando acender um cigarro com a mão trêmula, por Kay, que tinha os cotovelos apoiados na mesa e cuja palidez aparecia sob a maquiagem no seu rosto; chegando até Thomas Royde que, ao lado de Mary Aldin, enchia o cachimbo.

Estes foram os pensamentos do superintendente Battle:

"Suponho que aquela seja a srta. Aldin. Uma pessoa calma, uma mulher competente, eu diria. Não deve ser fácil pegá-la desprevenida. O homem ao lado dela é totalmente imprevisível, tem um braço aleijado, um rosto inexpressivo... e, é muito provável, tem um complexo de inferioridade. Aquela é uma das esposas, imagino... está morrendo de medo... sim, sem dúvida está apavorada. Estranha com aquela xícara de café. Aquele é o Strange... já o vi antes em algum lugar. Está muito nervoso... os nervos em frangalhos. A moça ruiva é do tipo intratável... um temperamento do diabo, embora pareça inteligente."

Enquanto os analisava, o inspetor Leach fazia um pequeno discurso formal. Mary Aldin citou o nome de todos os presentes.

Ela concluiu:

– Foi um choque terrível para todos nós, é claro, mas queremos muito ajudá-los como pudermos.

– Para começar – falou Leach, fazendo uma pausa –, alguém sabe alguma coisa sobre este taco de golfe?

Com um leve grito, Kay falou:

– Que coisa horrível! Foi isto que... – e se deteve.

Nevile Strange levantou-se e fez a volta por trás da mesa.

– Parece um dos meus. Posso dar uma olhada?

– Agora já não há mais problema – disse o inspetor Leach. – Pode segurá-lo.

Aquele "agora" insignificante não pareceu produzir qualquer reação entre os espectadores. Nevile examinou o taco.

– Acho que é um dos tacos do meu conjunto – afirmou. – Em alguns minutos poderei dizer com certeza, se o senhor puder vir comigo. – Seguiram-no até um grande armário debaixo da escada. Puxou com força a porta e, para os olhos confusos de Battle, o armário pareceu estar repleto de raquetes de tênis. Naquele mesmo instante, lembrou onde já havia visto Nevile Strange. Falou imediatamente:

– Já o vi jogar em Wimbledon.

Nevile virou um pouco a cabeça.

– Ah, é mesmo?

Atirou algumas raquetes para o lado. Dentro do armário havia duas sacolas de golfe encostadas nos equipamentos de pesca.

– Apenas minha mulher e eu jogamos golfe – explicou Nevile. – E este é um taco masculino. Sim, está certo... é meu.

Ele havia retirado a sacola que continha pelo menos quatorze tacos.

O inspetor Leach pensou consigo mesmo:

"Esses sujeitos desportistas sem dúvida se levam muito a sério. Não gostaria de ser o seu *caddy*."

Nevile estava dizendo:

– É um taco fabricado por Walter Hudson, de St. Esbert's.

– Obrigado, sr. Strange. Isso responde uma das perguntas.

Nevile falou:

– O que não consigo entender é que nada foi levado. E a casa também não parece ter sido arrombada – sua voz estava confusa, mas também assustada.

Battle pensou:

"Eles andaram refletindo sobre o crime, todos eles..."

– Os empregados – disse Nevile – são totalmente inofensivos.

– Devo conversar com a srta. Aldin sobre os empregados – disse com suavidade o inspetor Leach. – Enquanto isso, pergunto se o senhor poderia me dar uma ideia de quem seriam os advogados de lady Tressilian.

– Askwith & Trelawny – respondeu Nevile imediatamente. – De St. Loo.

– Obrigado, sr. Strange. Precisamos que eles nos forneçam todas as informações a respeito dos bens de lady Tressilian.

– O senhor quer dizer – perguntou Nevile – sobre quem herdará o dinheiro dela?

– Exatamente, senhor. Sobre o seu testamento e tudo mais.

– Não sei nada sobre o testamento – afirmou Nevile. – Pelo que sei ela não tinha muita coisa para deixar. Posso, porém, informar-lhes sobre a maior parte de sua propriedade.

– Sim, sr. Strange.

– Deve vir para mim e para minha esposa, de acordo com o testamento do falecido sir Matthew Tressilian. Sua esposa tinha a propriedade dos bens apenas em usufruto.

– É mesmo? – O inspetor Leach olhou para Nevile com a atenção interessada de alguém que acaba de identificar uma peça valiosa para a sua coleção. Aquele olhar fez com que Nevile estremecesse de nervoso. O inspetor prosseguiu, e sua voz era invariavelmente cordial:

– Não tem ideia do valor da herança, sr. Strange?

– Não posso lhe dizer agora com certeza. Creio que seja algo em torno de cem mil libras.

– Ah, sim. Para cada um?

– Não, para ser dividido entre os dois.

– Entendo. É uma quantia considerável.

Nevile sorriu e falou com serenidade:

– Tenho bastante dinheiro para viver da minha própria renda, o senhor sabe, sem precisar esperar desesperadamente que alguém morra para ficar com a herança.

O inspetor Leach pareceu chocado por essas ideias lhe terem sido atribuídas.

Voltaram para a sala de jantar e Leach fez o seu próximo discurso. Agora era sobre o assunto das impressões digitais – uma questão de rotina –, para a eliminação das impressões das pessoas da casa deixadas no quarto da mulher morta.

Todos demonstraram disposição – quase ansiedade – para que lhes fossem tiradas as digitais. Foram conduzidos para a biblioteca com este propósito, onde o detetive sargento Jones os aguardava com o seu rolinho.

Battle e Leach começaram a interrogar os empregados.

Não havia muita informação a ser obtida junto a eles. Hurstall explicou como costumava trancar a casa e jurou que encontrara tudo intocado pela manhã. Não havia sinais de entrada de invasores. A porta da frente, explicou, havia sido fechada apenas com o trinco, o que significa que não estava trancada, podendo ser aberta por fora com a chave. Foi deixada assim porque o sr. Nevile tinha ido até Easterhead Bay e voltaria tarde.

– O senhor sabe a que horas ele voltou?

– Sim, senhor. Acho que foi por volta das duas e meia da manhã. Alguém voltou com ele, creio eu. Ouvi vozes e depois um carro se afastando, em seguida pude ouvir a porta se fechando e o sr. Nevile subindo a escada.

– A que horas ele saiu para Easterhead Bay na noite passada?

– Por volta das 22h20. Ouvi quando fechou a porta.

Leach balançou a cabeça. Não parecia haver muito mais informações além dessas a serem obtidas de Hurstall naquele momento. Continuou interrogando os outros empregados. Todos estavam bastante nervosos e assustados, porém não mais do que o normal naquelas circunstâncias.

Leach lançou um olhar interrogativo para o seu tio assim que a porta se fechou atrás da ajudante de cozinha ligeiramente histérica que havia sido a última a ser interrogada.

Battle disse:

– Traga a empregada de volta... não a de olhos esbugalhados... aquela alta e magra, um pouco azeda. Ela sabe de alguma coisa.

Emma Wales estava claramente inquieta. Ficou assustada por ser aquele homem grande e mais velho que assumira a tarefa de interrogá-la desta vez.

– Vou apenas lhe dar um conselho, srta. Wales – falou com cordialidade. – Veja que não é bom esconder nada da polícia. Pois isso faz com que a vejam de uma forma pouco favorável, se a senhorita compreende o que quero dizer...

Emma Wales protestou com indignação, porém constrangida:

– Tenho certeza de que nunca...

– Ora! – Battle falou apoiando sua mão grande e forte. – A senhorita viu ou ouviu alguma coisa. O que foi?

– Não ouvi exatamente... quero dizer... não pude deixar de ouvir. O sr. Hurstall também ouviu. E não pensei, nem por um instante, que aquilo tivesse alguma coisa a ver com o assassinato.

– Provavelmente não, provavelmente não. Apenas nos conte o que ouviu.

– Bem, eu estava subindo para o meu quarto. Isso foi um pouco depois das dez... mas primeiro me desviei para deixar a garrafa de água quente que a srta. Aldin usa na cama. Quer seja inverno ou verão, ela sempre usa, e, portanto, tive que passar pela porta do quarto de lady Tressilian.

– Prossiga – disse Battle.

– E ouvi quando ela e o sr. Nevile discutiam acaloradamente. As vozes estavam exaltadas. Ele até gritava. Ah, era uma discussão e tanto!

– Lembra-se do que diziam?

– Bem, eu não estava exatamente escutando, como se diz.

– Sim, eu sei. Mas ainda assim a senhorita deve ter ouvido algumas palavras.

– Lady Tressilian dizia que não admitiria uma ou outra coisa em sua casa, e o sr. Nevile dizia algo como "não ouse dizer nada contra ela". Estava muito exaltado.

Battle, como o rosto inexpressivo, tentou perguntar-lhe mais uma vez, porém não conseguiu fazer com que ela dissesse mais nada. Por fim, acabou por dispensá-la.

Ele e Jim se entreolharam. Depois de alguns minutos, Leach comentou:

– Jones já deve poder nos dizer alguma coisa sobre aquelas impressões digitais.

Battle perguntou:

– Quem está examinando os quartos?

– Williams. Ele é bom. Não deixará escapar nada.

– Os ocupantes estão sendo mantidos afastados dos quartos?

– Sim, até que Williams tenha concluído.

A porta se abriu naquele instante e o jovem Williams botou a cabeça para dentro da sala.

– Há uma coisa que gostaria que vissem. É no quarto do sr. Nevile Strange.

Levantaram-se e seguiram-no até a suíte no lado oeste da casa.

Williams apontou para as roupas amontoadas no chão. Um paletó azul-marinho, calças e um colete.

Leach falou prontamente:

– Onde encontrou isso?

– Estavam enfiadas no fundo do roupeiro. Veja só isto, senhor.

Pegou o casaco e mostrou as bordas dos punhos azul-marinho.

– Estão vendo as manchas escuras? Isto é sangue, senhores, ou não me chamo Williams. E, vejam, está espalhado por toda a manga.

– Hum – Battle murmurou evitando o olhar ansioso do outro. – Devo dizer que as coisas estão ficando ruins para o jovem Nevile. Há algum outro terno no quarto?

– Sim, um terno cinza-escuro listrado deixado sobre a cadeira. E há muita água no chão aqui perto do lavatório. É como se ele tivesse tentado limpar o sangue com uma pressa terrível, não? Sim. Apesar disso, é bom lembrar que está perto da janela aberta e choveu muito.

– Não o bastante para formar estas poças no chão, senhor. E nem secaram ainda.

Battle ficou calado. Uma imagem se formava diante dos seus olhos. Um homem com sangue nas mãos e nas mangas, tirando a roupa com pressa, jogando as roupas manchadas de sangue no armário, depois jorrando a água furiosamente pelas mãos e pelos braços.

Olhou para a porta na outra parede.

Williams respondeu ao olhar dele:

– É o quarto da sra. Strange, senhor. A porta está trancada.

– Trancada? Deste lado?

– Não, do outro.

– Do lado dela, é?

Battle ficou pensativo por alguns minutos. Por fim, falou:

– Vamos falar com aquele velho mordomo outra vez.

Hurstall estava nervoso. Leach perguntou-lhe secamente:

– Por que não nos disse, Hurstall, que tinha ouvido uma discussão entre o sr. Strange e lady Tressilian ontem à noite?

O velho pestanejou.

– Realmente não pensei mais sobre este fato, senhor. Não acho que se possa chamar aquilo de discussão, como o senhor disse... foi apenas uma amigável divergência de opiniões.

Resistindo à tentação de dizer: "amigável divergência de opiniões, uma ova!", Leach prosseguiu:

– Que terno o sr. Strange estava usando no jantar ontem à noite?

Hurstall hesitou. Battle falou calmamente:

– Era um terno azul-marinho ou um cinza listrado? Se o senhor não se lembra, tenho certeza que outra pessoa poderá nos dizer.

Hurstall quebrou o silêncio.

– Agora lembrei, senhor. Era um terno azul-marinho. A família – acrescentou, ansioso para não perder prestígio – não tem o hábito de usar traje formal durante os meses de verão. Saem com frequência após o jantar, às vezes vão para o jardim, às vezes vão até o cais.

Battle balançou a cabeça. Ao sair do quarto, Hurstall passou por Jones no vão da porta. Parecendo inquieto, Jones falou:

– Vai ser moleza, senhor. Tirei as impressões digitais de todos. Há apenas um conjunto de impressões que se encaixa. É claro que, por enquanto, só pude fazer uma comparação grosseira, mas aposto que são estas mesmo.

– E então? – disse Battle.

– As impressões encontradas naquele taco, senhor, foram deixadas pelo sr. Nevile Strange.

Battle recostou-se na cadeira:

– Bem – disse ele –, parece que isto soluciona o nosso caso, não é?

IV

Estavam no gabinete do chefe de polícia três homens com expressões sérias e preocupadas.

Com um suspiro, o major Mitchell falou:

– Bom, suponho que não há mais nada a fazer senão prendê-lo, não é?

Leach respondeu com calma:

– Parece que sim, senhor.

Mitchell olhou para o superintendente Battle.

– Anime-se, Battle – disse gentilmente. – O seu melhor amigo não morreu.

O superintendente Battle suspirou.

– Não estou gostando disso – disse ele.

– Creio que nenhum de nós esteja gostando – disse Mitchell –, mas penso que já temos provas suficientes para requerer um mandado de prisão.

– Mais do que suficientes – disse Battle.

– Na verdade, se não entrarmos com um pedido de mandado de prisão, alguém poderá perguntar por que diabos isso não aconteceu?

Battle balançou a cabeça insatisfeito.

– Vamos repassar o caso – disse o chefe de polícia. – Conseguiram detectar um motivo... Strange e sua esposa recebem uma quantia de dinheiro considerável com a morte da velha senhora. Até onde se sabe, ele foi a última pessoa a vê-la com vida; e também o ouviram discutindo com ela. O terno que ele usou naquela noite tinha manchas de sangue; e, é claro, o mais grave de tudo, suas impressões digitais foram encontradas na arma do crime... e as de mais ninguém.

– E, ainda assim, o senhor também não está gostando disto – disse Battle.

– É claro que não.

– Do que exatamente o senhor não está gostando?

O major Mitchell esfregou o nariz.

– Talvez porque tudo isso faz com que o sujeito pareça ser um pouco tolo demais? – sugeriu ele.

– Assim mesmo, senhor, muitas vezes eles realmente se comportam como tolos.

– Ah, eu sei... eu sei. Onde estaríamos caso isso não acontecesse?

– E do que você não gosta nisso tudo, Jim?

Leach mexeu-se insatisfeito.

– Sempre gostei do sr. Strange. Há muitos anos que o vejo de vez em quando por aqui. É um homem muito agradável... e um desportista.

Battle falou devagar:

– Não vejo porque um bom jogador de tênis não pudesse ser também um assassino. Não há nada em contrário – fez uma pausa. – O que eu não gosto é do taco de golfe.

– Do taco de golfe? – perguntou Mitchell, um pouco intrigado.

– Sim, senhor, ou, alternativamente, da campainha. Da campainha ou do taco... não dos dois.

Ele prosseguiu com sua voz calma e cautelosa.

– O que achamos que aconteceu na verdade? O sr. Strange foi até o quarto dela, eles tiveram uma discussão, ele perdeu a calma e acabou atingindo a cabeça dela com um taco de golfe. Neste caso, e foi algo não premeditado, por que motivo estaria carregando um taco de golfe? Não é o tipo de coisa que se carregue por aí à noite.

– Ele poderia ter andado praticando suas jogadas antes de ir até o quarto... ou algo assim.

– Sim, poderia... só que ninguém disse isso. Ninguém afirmou tê-lo visto jogando. A última vez que foi visto com um taco na mão foi na semana anterior quando praticava tacadas na areia da praia. Na minha maneira de ver a situação, é impossível que as duas coisas tenham ocorrido. Ou houve uma discussão e ele perdeu a cabeça... porém, é bom lembrar que já o vi nas quadras, e nessas partidas de torneios importantes estes astros do tênis ficam todos agitados e uma pilha de nervos e, caso não consigam manter a calma, isso fica facilmente evidente. Nunca vi o sr. Strange ficar irritado. Diria que ele tem um ótimo autocontrole... bem mais do que a maioria das pessoas... e, mesmo assim, estamos aqui sugerindo que ele tenha entrado em um estado de fúria e atingido a cabeça de uma senhora frágil e idosa.

– Há uma hipótese alternativa, Battle – disse o chefe de polícia.

– Sim, eu sei, a teoria de que o crime foi premeditado. Ele queria o dinheiro da velha senhora. Isto se encaixa com a campainha, que foi o que provocou o doping da empregada, mas não se encaixa com o taco nem com a discussão! Se ele tivesse decidido matá-la, teria tido todo o cuidado para não discutir com ela. Teria dopado a empregada e entrado à noite furtivamente no quarto de lady Tressilian... a teria atingido na cabeça e simulado um pequeno roubo, limpado o taco, recolocando-o cuidadosamente de volta no lugar! Mas está tudo errado, senhor! Há uma mistura de premeditação fria com uma violência não premeditada... e essas duas coisas simplesmente não se misturam!

– Há alguma coisa nisso que você está dizendo, Battle... mas... qual é a alternativa que temos?

– O taco é o que me deixa intrigado, senhor.

– Ninguém poderia ter usado aquele taco para atingir a cabeça da senhora sem com isso manchar as impressões do Nevile... e isto é ponto pacífico.

– Neste caso – disse Battle –, ela foi atingida na cabeça com algum outro objeto.

O major Mitchell respirou fundo.

– É uma hipótese um tanto absurda, o senhor não acha?

– Acho que é uma questão de bom senso, senhor. Só Strange poderia tê-la atacado com aquele taco, ninguém mais. Eu optaria por ninguém. Neste caso, o taco foi deixado ali deliberadamente, com o sangue e os fios de cabelo grudados nele. O dr. Lazenby também não ficou muito satisfeito com o taco, teve de admiti-lo como sendo a arma do crime porque era o objeto mais óbvio, e também porque não poderia afirmar categoricamente que o taco *não* havia sido usado como arma para o crime.

O major Mitchell recostou-se na cadeira.

– Continue, Battle – disse ele. – Estou lhe dando carta branca. Qual é o próximo passo?

– Deixando o taco de lado – disse Battle –, o que nos resta? Em primeiro lugar, o motivo. Nevile Strange tinha realmente um motivo para matar lady Tressilian? Ele herdaria o dinheiro. Porém, para mim, tudo depende muito do fato de ele precisar ou não desse dinheiro. Ele afirma que não. Sugiro que se verifique essa informação, investigando a sua real situação financeira. Se estiver com um rombo em suas finanças e precisando do dinheiro, então os argumentos contrários a ele ganharão muita força. Se, por outro lado, estiver falando a verdade e suas finanças estiverem indo bem, por que então...?

– Bom, então o quê?

– Então teremos que procurar os motivos das *outras* pessoas daquela casa.

– Então o senhor acha que Nevile Strange foi incriminado?

O superintendente Battle franziu os olhos.

– Há uma expressão que li em algum lugar que despertou a minha simpatia. Era alguma coisa com relação a um toque suspeito. É isto o que creio estar vendo neste caso. Trata-se de um crime ostensivamente grosseiro, brutal e direto, mas me parece que consigo vislumbrar algo mais... algo como um toque suspeito por trás de tudo isso...

Houve uma longa pausa enquanto o chefe de polícia olhava para o superintendente Battle. Por fim, falou:

– Talvez o senhor esteja certo. Bom, azar, há alguma coisa estranha neste caso. Qual é a sua ideia para o nosso plano de ação a partir de agora?

Battle coçou o queixo anguloso.

– Bem, senhor – disse ele –, sou sempre favorável a agir da forma mais evidente. Foi tudo preparado para que suspeitássemos do sr. Nevile Strange. Continuaremos, então, a suspeitar dele. Não precisamos chegar ao ponto de prendê-lo de fato, podemos apenas dar a entender que poderemos prendê-lo, podemos interrogá-lo, pressioná-lo... e então observar as reações de todos de um modo geral. Podemos verificar os depoimentos, recapitular passando um pente fino em todos os movimentos dele naquela noite. Na verdade, mostraremos as cartas de uma forma bastante clara, como deve ser.

– É um plano um tanto maquiavélico – falou o major Mitchell com uma piscadela. – A encenação de um policial desajeitado, pelo grande ator Battle...

O superintendente Battle sorriu.

– Sempre gosto de fazer o que esperam de mim, senhor. Desta vez pretendo ir bem devagar... sem me apressar. Quero bisbilhotar um pouco. O fato de suspeitar do sr. Nevile Strange é uma ótima desculpa para bisbilhotar por lá. O senhor sabe, tenho a impressão de que há alguma coisa muito estranha acontecendo naquela casa.

– O senhor quer dizer do ponto de vista passional?

– Se o senhor prefere colocar assim.

– Faça como achar melhor, Battle. Deixarei que o senhor e Leach se encarreguem disso.

– Obrigado, senhor – Battle levantou-se. – Nenhuma informação sugestiva por parte dos advogados?

– Não. Telefonei para eles. Conheço Trelawny muito bem. Ele vai me enviar uma cópia do testamento de sir Matthew e também de lady Tressilian. Do seu próprio dinheiro, ela costumava investir anualmente em títulos do governo. Deixou uma herança para Barrett e outra, menor, para Hurstall, e o restante deixou para Mary Aldin.

– Ficaremos de olho nesses três – disse Battle.

Mitchell pareceu achar graça.

– Você é um sujeito desconfiado, hein?

– De nada adianta nos impressionarmos com essas cinquenta mil libras – disse Battle impassível. – Muitos assassinatos já foram praticados por menos de cinquenta libras. Vai depender do quanto o sujeito quer aquele dinheiro. Barrett ganhou uma herança e talvez tenha tomado a precaução de se dopar de modo a evitar suspeitas.

– Por pouco ela não morreu. E Lazenby ainda não nos deixou interrogá-la.

– Quem sabe, por ignorância, ela tenha exagerado na dose. Além disso, pelo que sabemos, Hurstall também pode ter tido uma necessidade urgente de dinheiro. E Mary Aldin, caso não tenha uma renda própria, pode ter imaginado viver um pouco com uma pequena renda própria, antes que fique velha demais para poder aproveitá-la.

O chefe de polícia pareceu ter dúvidas.

– Bom – disse ele –, o caso está com vocês dois. Continuem o trabalho.

V

De volta a Gull's Point, os dois policiais receberam os relatórios de Williams e Jones.

Não haviam encontrado nada de natureza suspeita ou sugestiva em nenhum dos quartos. Os empregados solicitavam que lhes fosse permitido continuar com o trabalho doméstico. Deveriam dar permissão?

– Sim, creio que sim – disse Battle. – Antes disso, vou só dar uma volta nos dois andares superiores. Antes de serem arrumados, os quartos muitas vezes revelam informações interessantes sobre os seus ocupantes.

O sargento Jones colocou uma caixinha de papelão sobre a mesa.

– Este é o material que foi retirado do casaco azul-marinho do sr. Nevile Strange – avisou ele. – Os cabelos ruivos estavam no punho, os louros na parte de dentro do colarinho e no ombro direito.

Battle retirou os dois longos fios de cabelo ruivo e meia dúzia de fios loiros e os examinou. Falou, com um leve brilho nos olhos:

– É conveniente. Há nesta casa uma loura, uma ruiva e uma morena. Desta forma, sabemos de imediato o que procuramos. Cabelos ruivos nos punhos, louros no colarinho. O sr. Nevile realmente tem algo do Barba Azul. Seu braço em torno de uma esposa e a cabeça da outra apoiada no seu ombro.

– O sangue que estava nas mangas foi enviado para análise, senhor. Eles vão nos avisar assim que tiverem o resultado.

Leach assentiu com a cabeça.

– E quanto aos empregados?

– Segui as suas instruções, senhor. Nenhum deles foi demitido ou pareceu guardar algum ressentimento contra a velha senhora. Ela era rigorosa, mas muito querida de todos. De qualquer maneira, a administração dos empregados sempre ficou a cargo de Mary Aldin. E ela parece ser muito estimada por eles.

– Imaginei que fosse uma mulher eficiente desde o momento em que botei os olhos nela – disse Battle. – Se for ela a nossa assassina, não será fácil pegá-la.

Jones pareceu assustado.

– Mas aquelas impressões digitais no taco eram... – falou ele.

– Sei... sei – disse Battle. – O excepcionalmente atencioso sr. Strange. Há uma crença geral de que os atletas não são lá muito dotados de inteligência (o que, por sinal, nem sempre é verdadeiro), mas não posso acreditar que Nevile Strange seja um completo idiota. Ah, e quanto ao chá de sene da criada, o que descobriram?

– Fica sempre na prateleira do banheiro dos empregados, no segundo andar. Ela costuma deixá-lo de molho ao meio-dia, ficando ali até a noite, quando ela vai dormir.

– Deste modo, absolutamente qualquer pessoa poderia ter acesso a ele! Qualquer pessoa de dentro de casa, quero dizer.

Leach falou com convicção:

– Foi obra de alguém da casa, isto é certo!

– Sim, acho que sim. Não que este seja um daqueles crimes de círculo fechado. Não é... Qualquer pessoa que tivesse a chave poderia ter aberto a porta da frente e entrado. Nevile Strange estava com a chave na noite de ontem... mas poderia provavelmente ser uma simples questão de mandar fazer uma cópia, ou alguém habilidoso poderia abri-la usando um pedaço de arame. No entanto, não imagino que algum estranho pudesse ter conhecimento sobre a campainha e sobre o chá de sene que Barret costumava tomar à noite! É o tipo de conhecimento que só pessoas da casa poderiam ter!

– Venha, Jim, meu garoto. Vamos subir e ver o banheiro e o resto todo.

Começaram pelo andar de cima. Primeiro havia um quarto pequeno cheio de móveis antigos quebrados e velharias de todo tipo.

– Não examinei essa parte, senhor – disse Jones. – Não sabia que...

– Não sabia o que procurar aqui? Está certo. É só perda de tempo. Pela poeira acumulada no chão, ninguém entra aqui há pelo menos seis meses.

Os quartos dos empregados ficavam todos nesse andar, que tinha também dois aposentos desocupados e um banheiro. Battle examinou cada quarto e, olhando de relance, observou que Alice, a empregada de olhos esbugalhados, dormia com a janela fechada; que Emma, a magrela, tinha uma grande quantidade de parentes, cujas fotografias estavam agrupadas na cômoda; e que Hurstall tinha uma ou duas peças de boa porcelana Dresden & Crown, apesar de estarem lascadas.

O quarto da cozinheira era rigorosamente asseado e o de sua ajudante de cozinha, caoticamente bagunçado. Battle passou então para o banheiro, que era a peça que ficava mais próxima da cabeceira da escada. Williams apontou para a longa prateleira em cima da pia, onde havia copos e escovas de dente, vários unguentos e vidros de sais e loção para cabelo. Havia um pacote de chá de sene aberto em uma das extremidades da prateleira.

– Nada de impressões digitais no copo ou no pacote?

– Apenas as da própria empregada, que identifiquei com base nas que foram encontradas no quarto dela.

– O assassino não precisaria manusear o copo – disse Leach. – Precisaria somente jogar o material dentro dele.

Seguido por Leach, Battle começou a descer a escada. No meio do caminho, notou logo acima uma janela situada em um local bastante estranho. Num canto, havia uma vara com um gancho na ponta.

– Usa-se isto para puxar para baixo a guilhotina da parte de cima da janela – explicou Leach. – Há, no entanto, uma trava de segurança. A janela só pode ser aberta até um determinado ponto, que é estreito demais para que uma pessoa consiga entrar.

– Não estava pensando que alguém pudesse entrar por ali – disse Battle, com um olhar pensativo.

Ele entrou no primeiro aposento do próximo andar. Era o quarto de Audrey Strange: arrumado e arejado, com escovas de marfim na penteadeira... sem roupas espalhadas. Battle olhou dentro do roupeiro: dois conjuntos lisos de casaco e saia, alguns vestidos de noite, um ou dois vestidos de verão. Eram vestidos baratos, porém havia também alguns caros e feitos sob medida, mas estes não eram novos.

Battle balançou a cabeça. Ficou ali parado por alguns minutos remexendo na caixa de canetas à esquerda do mata-borrão.

Williams falou:

– Não encontrei nada de interessante nem no mata-borrão nem no cesto de papel.

– A sua palavra basta – disse Battle. – Não há nada para ver aqui.

Seguiram para os outros quartos. O de Thomas Royde estava desarrumado, com roupas espalhadas por todo canto. Havia cachimbos e cinzas sobre as mesas e ao lado da cama, onde havia, aberto pela metade, um exemplar de *Kim*, de Kipling.

– Este deve estar acostumado a ter os criados nativos para limpar toda a sujeira que vai deixando – disse Battle. – Gosta de ler velhos clássicos. É do tipo conservador.

O quarto de Mary Aldin era pequeno, porém bem confortável. Battle olhou os livros de viagens nas estantes e as escovas de prata antigas. Os móveis e o colorido do quarto eram mais modernos do que o restante da casa.

– Ela não é tão conservadora – observou Battle. – E também não há fotografias. Não é alguém que viva no passado.

Havia ainda três ou quatro quartos vazios, todos bem arrumados e limpos, prontos para serem ocupados. E depois vinha o grande quarto duplo de lady Tressilian. Mais adiante, subindo-se três pequenos degraus, vinha os dois quartos e o banheiro dos Strange.

Battle não perdeu muito tempo no quarto de Nevile. Pelo batente da janela, olhou para as pedras que desapareciam violentamente sob o mar. A vista dava para o lado oeste, em direção a Stark Head, que surgia solitária e misteriosa por sobre a água.

– Pega o sol da tarde – murmurou. – Porém, pela manhã, uma vista bastante sinistra. Pega também o cheiro desagradável das algas marinhas quando a maré baixa. E aquele cabo tem uma aparência macabra. Não me admira que atraia suicidas!

Passou para o quarto maior, cuja porta havia sido trancada.

Ali tudo estava numa bagunça bárbara. As roupas estavam amontoadas por todo lado – roupas de baixo transparentes, meias, blusas experimentadas e deixadas de lado, um vestido de verão estampado – tudo jogado e esparramado sobre o encosto de uma cadeira. Battle olhou dentro do roupeiro. Estava cheio de casacos de pele, vestidos de noite, shorts, roupas para jogar tênis e outros trajes esportivos.

Battle fechou novamente as portas do roupeiro e, quase com reverência, comentou:

– Gosta de coisas caras. Deve custar uma fortuna para o marido.

Leach afirmou sombriamente:

– Talvez seja por isso que...

Deixou a frase incompleta.

– Que precisasse das cem... ou melhor, das cinquenta mil libras? É possível. Creio que seja melhor vermos o que ele tem a dizer.

Desceram para a biblioteca. Williams foi encarregado de avisar aos empregados que já podiam voltar às suas atividades domésticas. Os membros da família estavam liberados para voltar aos quartos caso desejassem. Deviam ser informados do fato e também de que o inspetor Leach gostaria de interrogar cada um deles separadamente, começando pelo sr. Nevile Strange.

Quando Williams saiu da sala, Battle e Leach se instalaram atrás de uma pesada mesa vitoriana. Um jovem policial sentou-se no canto da sala portando um bloco de notas, com o lápis aprumado.

– Você assume no início, Jim. Seja imponente.

O outro concordou com a cabeça, e Battle esfregou o queixo e franziu a testa.

– Gostaria de saber por que Hercule Poirot fica o tempo todo vindo à minha mente.

– Quer dizer aquele velhinho engraçado... o belga?

– Engraçado uma ova! – disse o superintendente Battle. – Pode ser tão perigoso quanto uma serpente ou uma fêmea de leopardo... é isto o que ele é quando começa a se fazer passar por charlatão! Gostaria que estivesse aqui... um caso como este seria ideal para ele.

– Em que sentido?

– Psicologia – disse Battle. – Psicologia de verdade... e não essa coisa simplória apresentada por gente que não sabe nada sobre o assunto. – Sua memória voltou-se ressentida para a sra. Amphrey e sua filha, Sylvia. – Não, a coisa em si, autêntica e verdadeira... que sabe exatamente o que faz a engrenagem funcionar. Manter o assassino falando... é um dos seus métodos. Afirma que, mais cedo ou mais tarde, todo mundo é levado a dizer a verdade. E então as pessoas cometem um pequeno deslize que não consideram que tenha importância... e é aí que conseguimos pegá-las.

– Então você pretende dar bastante corda para Nevile Strange?

Battle concordou distraído. Em seguida acrescentou com um pouco de preocupação e perplexidade:

– Mas o que está realmente me preocupando é... por que não consigo tirar Hercule Poirot da cabeça? Lá em cima... foi lá. Mas o que será que vi que me lembrou daquele sujeito?

Interromperam a conversa com a chegada de Nevile Strange.

Estava pálido e parecia preocupado, porém muito menos nervoso do que pela manhã à mesa do café. Battle o olhou com atenção. Incrível que um homem soubesse – e ele devia saber caso fosse capaz de raciocinar um pouco – que havia deixado as impressões digitais na arma do crime, e que estas haviam sido identificadas pela polícia, e não demonstrasse um nervosismo intenso nem se defendesse descaradamente.

Nevile parecia bastante natural – chocado, preocupado, aflito –, demonstrando apenas um nervosismo normal e saudável.

Jim Leach falava com seu simpático sotaque rural.

– Gostaríamos que respondesse algumas perguntas, sr. Nevile, tanto com relação à sua movimentação ontem à noite como com referência a alguns fatos específicos. Ao mesmo tempo, devo avisá-lo que o senhor não é obrigado a responder essas perguntas, a menos que queira de fato respondê-las e que, se preferir, poderá fazê-lo na presença do seu advogado.

Ele se recostou para observar o efeito de suas palavras.

Nevile Strange parecia francamente perplexo.

"Ou ele não tem a menor ideia do que estamos querendo dizer ou então é um danado de um bom ator", pensou Leach consigo mesmo. Como Nevile não respondeu nada, falou em voz alta:

– E então, sr. Strange?

– É claro, o senhor pode perguntar o que quiser.

– O senhor deve compreender – disse Battle com gentileza – que tudo o que disser aqui ficará registrado e, consequentemente, poderá ser usado como prova no tribunal.

Um lampejo de raiva surgiu no rosto de Strange, que falou prontamente:

– O senhor está me ameaçando?

– Não, não, sr. Strange. Estou apenas lhe prevenindo.

Nevile encolheu os ombros.

– Imagino que isto faça parte da sua rotina. Prossiga.

– O senhor está disposto a fornecer o seu depoimento?

– Se é assim que os senhores chamam.

– Então nos conte exatamente o que fez ontem à noite, desde o jantar, pode ser?

– Sem dúvida. Depois do jantar fomos para a sala de estar. Tomamos café e ouvimos rádio... ouvimos as notícias e tudo mais. Então resolvi ir até o Hotel Easterhead Bay para visitar um sujeito – um amigo meu – que está hospedado lá.

– O nome deste amigo... qual é?

– Latimer. Edward Latimer.

– É seu amigo íntimo?

– Ah, mais ou menos. Temos nos encontrado bastante desde que chegou aqui. Ele tem vindo almoçar e jantar conosco, e nós também às vezes vamos até lá.

Battle falou:

– Já estava bem tarde para ir até Easterhead Bay, não?

– Ah, é um lugar animado... e fica aberto a noite toda.

– Mas o pessoal aqui da casa se recolhe cedo, não é?

– Sim, de um modo geral, sim. De qualquer forma, levei a chave. Ninguém precisou ficar acordado me esperando.

– Sua esposa não quis ir com o senhor?

Nevile se alterou ligeiramente ao afirmar com um tom de voz mais firme:

– Não, ela estava com dor de cabeça. Já havia subido para o quarto.

– Por favor, continue, sr. Strange.

– Já ia subir para me trocar...

Leach interrompeu:

– Desculpe, sr. Strange. Como assim trocar-se? Para vestir um traje a rigor ou para tirá-lo?

– Nem uma coisa nem outra. Bom, se é para contar todos os detalhes, estava usando um terno azul-marinho, que é o meu melhor. Porém, como estava chovendo um pouco e eu pretendia pegar a barca e, como sabe, precisaria caminhar quase um quilômetro até o hotel, preferi vestir um terno mais velho, um cinza listrado.

– Realmente gostamos que as coisas fiquem bem esclarecidas – afirmou Leach com humildade. – Por favor, prossiga.

– Como falei, ia subir quando Barrett se aproximou e me disse que lady Tressilian queria conversar comigo. Por isso fui até lá e conversei um pouco com ela.

Battle disse suavemente:

– Creio que o senhor foi a última pessoa a vê-la com vida, não é, sr. Strange?

Nevile enrubesceu.

– Sim, sim. Suponho que sim. Até então ela estava muito bem.

– O senhor permaneceu com ela durante quanto tempo?

– Creio que uns vinte minutos, meia hora no máximo. Em seguida fui até o meu quarto, troquei o meu terno e saí apressado. Levei a chave da porta comigo.

– A que horas foi isso?

– Acho que foi por volta das dez e meia. Desci a montanha apressado, peguei a barca já saindo e segui até o Easterhead. Encontrei Latimer no hotel, bebemos um pouco e jogamos uma partida de bilhar. O tempo passou tão rápido que quando vi já tinha perdido a última barca, que sai à uma e meia da manhã. Então, Latimer, muito gentilmente, tirou o carro e me trouxe até aqui. Como o senhor sabe, isto significa fazer toda a volta por Saltington... pouco mais de 25 quilômetros. Saímos do hotel às duas horas e diria que chegamos aqui mais ou menos meia hora depois. Agradeci ao Ted e convidei-o para beber alguma coisa, mas ele disse que preferia voltar logo. Depois disso, entrei e fui direto para a cama. Não vi nem ouvi nada fora do normal. A casa parecia tranquila, todos dormiam. Mais tarde, já pela manhã, ouvi aquela moça gritando e...

Leach o interrompeu.

– Está bem, está bem. Agora voltemos um pouco... até a sua conversa com lady Tressilian. O jeito dela parecia normal?

– Sim, sem dúvida.

– Sobre o que conversaram?

– Ah, falamos sobre uma coisa ou outra... amenidades.

– Amigavelmente?

Nevile corou.

– É claro.

– Vocês, por acaso – continuou Leach suavemente –, não tiveram uma discussão violenta?

Nevile não respondeu de imediato. Leach falou:

– Saiba que é melhor que o senhor conte a verdade, pois, para lhe ser franco, parte da sua conversa foi ouvida.

Nevile foi breve:

– Tivemos um pequeno desentendimento. Mas não foi nada grave.

– Qual foi o motivo desse desentendimento, sr. Strange?

Com um esforço, Nevile recobrou a calma e sorriu.

– Para ser sincero – disse ele –, ela me deu uma bronca. Isso acontecia com bastante frequência. Sempre que discordava de alguém, era muito franca e direta. Era uma pessoa antiquada e propensa a rejeitar ideias e hábitos modernos como o divórcio e tudo mais. Tivemos uma discussão e é possível que eu tenha me alterado um pouco, no entanto, apesar de nossas diferenças, nos despedimos em termos perfeitamente amigáveis. – E acrescentou, um pouco exaltado: – Com certeza não lhe dei uma pancada na cabeça por ter perdido a calma numa discussão, se é isto o que o senhor está pensando!

Leach olhou para Battle, que se debruçou na mesa e falou:

– Hoje pela manhã o senhor identificou aquele taco de golfe como sendo seu. O senhor tem alguma explicação para o fato das suas impressões digitais terem sido encontradas nele?

Nevile o encarou e respondeu de imediato:

– Eu... mas é claro que sim... aquele taco é meu... costumo segurá-lo com frequência.

– O que eu quis dizer foi: existe alguma explicação para o fato de que as suas impressões digitais revelam que o senhor foi a última pessoa a segurá-lo?

Nevile ficou totalmente imóvel. O colorido desaparecera do seu rosto.

– Isso não é verdade – disse, por fim. – Não pode ser. Alguém deve tê-lo usado depois de mim... alguém que estivesse usando luvas.

– Não, sr. Strange... ninguém poderia tê-lo usado da forma como o senhor se refere... quer dizer, ninguém poderia tê-lo levantado para o golpe usando luvas sem com isso borrar as suas impressões.

Houve uma pausa... uma pausa bem longa.

– Ah, Deus! – disse Nevile convulsivamente. Ele estremeceu e colocou as mãos sobre os olhos. Os dois policiais o observavam.

Depois tirou as mãos dos olhos e sentou-se reto.

– Não é verdade – falou ele com calma. – Simplesmente não é verdade. Os senhores acham que eu a matei, mas não fui eu. Juro que não. Está havendo um terrível engano.

– Então o senhor não tem como explicar aquelas impressões digitais?

– Como eu poderia explicar? Estou estarrecido.

– E o senhor tem alguma explicação para o fato das mangas e punhos do seu terno azul-marinho estarem manchados de sangue?

– Sangue? – foi um murmúrio horrorizado. – Não pode ser!

– O senhor, por acaso, não se cortou?

– Não. Não, é claro que não.

Aguardaram um instante.

Nevile Strange, com a testa enrugada, parecia estar pensando. Por fim, levantou o rosto encarando-os com olhos assustados e aterrorizados.

– É fantástico! – afirmou. – Simplesmente fantástico! Nada disto é verdade.

– Os fatos são bastante verdadeiros – disse o superintendente Battle.

– Mas por que eu faria uma coisa dessas? É algo inimaginável... inacreditável. Eu conhecia Camilla desde sempre.

Leach tossiu.

– Creio que o senhor mesmo tenha nos dito, sr. Strange, que com a morte de lady Tressilian o senhor herdaria uma boa quantia em dinheiro.

– Acha que é por isso que... mas eu não quero dinheiro! Não preciso de dinheiro!

– Isso – disse Leach, com uma leve tossida – é o que o senhor diz, sr. Strange.

Nevile levantou-se bruscamente.

– Olhe aqui, isto é algo que posso provar! O fato de que não preciso de dinheiro. Deixe-me ligar para o gerente do meu banco, o senhor mesmo pode falar com ele.

Fizeram a ligação. A linha estava disponível e em poucos minutos a ligação foi completada. Nevile falou:

– É você, Ronaldson? Aqui é Nevile Strange. Você conhece a minha voz. Olhe, gostaria que fornecesse à polícia... sim, eles estão aqui comigo agora... gostaria que lhes fornecesse todas as informações que precisarem sobre a minha situação financeira... sim, sim... por favor.

Leach pegou o telefone. Falava calmamente. Seguiu fazendo perguntas e obtendo respostas.

Por fim, recolocou o fone no gancho.

– E então? – perguntou Nevile ansioso.

Leach falou impassível:

– O senhor tem um saldo bancário considerável, e o banco encarregado dos seus investimentos informa que estão todos em condições bastante vantajosas.

– Então, como o senhor vê, o que eu disse é verdade!

– É, parece que sim. No entanto, mais uma vez, sr. Strange, sempre existe a possibilidade de o senhor ter obrigações, dívidas, pagamento de chantagem ou outras razões desconhecidas para precisar do dinheiro.

– Mas eu não tenho! Posso garantir que não. Os senhores não encontrarão nada deste tipo.

O superintendente Battle mexeu os ombros pesados e falou em um tom generoso e paternal:

– Estou certo de que o senhor concorda, sr. Strange, que temos provas suficientes para pedir um mandado de prisão. Ainda não o fizemos. Estamos lhe dando o benefício da dúvida.

Nevile disse com amargura:

– Então quer dizer que o senhor já tomou a sua decisão e acha que de fato fui eu, mas ainda precisa descobrir o motivo para poder fechar o caso e me apontar como culpado, é isso?

Battle ficou calado. Leach olhava para o teto.

Nevile falou em desespero:

– Isso tudo parece um sonho terrível. Não há nada que eu possa dizer ou fazer. É como... como estar preso numa armadilha sem poder sair.

O superintendente ficou agitado. Um brilho inteligente surgiu por entre as suas pálpebras semicerradas.

– Muito bem colocado – afirmou. – Realmente muito bem colocado. Isso me dá uma ideia...

VI

O sargento Jones liberou Nevile habilmente pelo hall e depois fez com que Kay entrasse pela porta envidraçada do terraço, de modo que marido e mulher não se encontrassem.

– Mesmo assim, ele terá contato com os outros – observou Leach.

– Melhor ainda – afirmou Battle. – É só com ela que quero conversar enquanto ainda não sabe nada sobre o rumo da investigação.

O dia estava nublado, com um vento cortante. Kay vestia uma saia de lã e um suéter roxo e seu cabelo tinha o aspecto de uma taça de cobre polida. Ela parecia metade assustada, metade excitada. Sua beleza e vitalidade resplandeciam em contraste com o escuro cenário vitoriano composto de livros e cadeiras imponentes.

Com bastante facilidade, Leach a conduziu durante o interrogatório, obtendo o seu relato da noite anterior.

Como tivera dor de cabeça, fora cedo para o quarto – por volta das nove e quinze. Havia dormido profundamente e não ouvira nada até a manhã seguinte, quando acordou ao ouvir alguém gritando.

Battle assumiu o interrogatório.

– O seu marido não foi ver como a senhora estava antes de sair à noite?

– Não.

– A senhora não o viu desde a hora em que saiu da sala de estar até a manhã seguinte. Está correto?

Kay assentiu com a cabeça.

Battle esfregou o queixo.

– Sra. Strange, a porta que fica entre o seu quarto e o quarto do seu marido estava trancada. Quem trancou?

Kay disse prontamente:

– Fui eu.

Battle não disse nada... apenas esperou... esperou como um gato velho e paternal... que espera que o rato saia do buraco que está vigiando.

O seu silêncio conseguiu aquilo que meras perguntas provavelmente não teriam conseguido. Kay exclamou impetuosamente:

– Ah, imagino que o senhor precise saber de tudo! Aquele velho caduco do Hurstall deve ter-nos ouvido antes da hora do chá e, se eu não contar, ele acabará contando. É até possível que já tenha contado. Nevile e eu tivemos uma briga... uma briga acalorada! Eu estava furiosa com ele! Subi para o quarto e tranquei a porta porque continuava morrendo de raiva dele!

– Entendo... entendo – disse Battle, sendo o mais compreensivo possível. – E qual foi o motivo de toda essa briga?

– E isso realmente tem importância? Ah, eu não me importo de lhe contar. Nevile tem se comportado como um perfeito idiota, mas é tudo culpa daquela mulher.

– Que mulher?

– Sua primeira esposa. Em primeiro lugar, ela o induziu a vir para cá.

– A senhora quer dizer... para encontrá-la?

– Sim. Nevile pensa que foi tudo ideia dele... quanta ingenuidade! Mas não foi. Ele nunca pensou em tal coisa até encontrá-la certo dia no parque, e foi quando ela botou essa ideia na cabeça dele, fazendo com que acreditasse que fosse sua. Ele francamente pensa que foi ideia dele, mas desde o início pude perceber o toque da Audrey por trás disso tudo.

– Por que ela faria tal coisa? – perguntou Battle.

– Porque queria seduzi-lo outra vez – disse Kay. Ela falava rápido e sua respiração ficara ofegante. – Ela nunca o perdoou por ele ter ficado comigo. Essa é a sua vingança. Fez com que nos reuníssemos todos aqui e depois seguiu tentando seduzi-lo. Tem feito isso desde que chegamos. Ela é esperta, sabe. Ela sabe muito bem como parecer patética e desorientada... ah, sim, e sabe também como chamar a atenção de outro homem. Ela conseguiu que Thomas Royde, um cachorrinho fiel que sempre foi apaixonado por ela, viesse para cá neste mesmo período e, ao fingir que iria se casar com ele, deixou Nevile enlouquecido.

Com a respiração alterada pela raiva, ela se interrompeu.

Battle falou com suavidade:

– Imagino que ele deveria ficar feliz por ela... por ela encontrar a felicidade com um velho amigo.

– Feliz? Ele está se mordendo de ciúme!

– Então ele deve gostar muito dela.

– Ah, sim – disse Kay com amargura. – Ela faz de tudo pra isso!

O dedo de Battle ainda vagava pelo queixo em sinal de dúvida.

– A senhora poderia ter se oposto a essa programação de virem para cá – sugeriu.

– Como poderia? Teria dado a impressão de que eu estava com ciúme.

– Bom – disse Battle –, afinal de contas, a senhora estava, não estava?

Kay enrubesceu.

– Sempre! Sempre tive ciúme da Audrey. Desde o começo... ou quase desde o começo. Costumava sentir a presença dela naquela casa. Era como se a casa fosse dela e não minha. Mudei o jogo de cores e reformei tudo, mas não funcionou! Continuei sentindo a presença dela como se houvesse um fantasma sombrio movendo-se furtivo pela casa. Eu sabia que Nevile se preocupava porque achava que a havíamos tratado mal. Não conseguia realmente esquecê-la... ela estava sempre lá... na forma de um sentimento recriminador lá no seu íntimo. O senhor sabe, há pessoas que são assim. Elas parecem um tanto apagadas e não muito interessantes... mas fazem com que sua presença seja sentida.

Battle balançou a cabeça, pensativo, e disse:

– Bem, obrigado, sra. Strange. Por enquanto isso é tudo. Temos que fazer... é... um grande número de perguntas... em especial pelo fato de seu marido herdar tanto dinheiro de lady Tressilian... cinquenta mil libras...

– Tudo isso? Recebemos isso pelo testamento do velho sir Matthew, não é?

– A senhora sabe tudo sobre essa questão?

– Ah, sim. Ele deixou essa herança para ser dividida entre Nevile e sua esposa após a morte de lady Tressilian. Não que eu esteja feliz pela morte da velha, não estou. Não gostava muito dela, provavelmente porque ela também não gostava de mim, mas é terrível demais imaginar que algum ladrão tenha entrado e partido a cabeça dela.

Ela saiu logo em seguida. Battle olhou para Leach.

– O que acha dela? Eu diria que é uma mulher muito bonita. Qualquer homem poderia facilmente perder a cabeça por causa dela.

Leach concordou.

– Embora não me pareça ser de fato uma dama – disse ele em dúvida.

– Hoje em dia, não são – disse Battle. – Veremos agora a número um? Não, acho que a seguir devemos interrogar a srta. Aldin, e assim poderemos obter uma opinião externa com relação a essa questão matrimonial.

Mary Aldin entrou calmamente e sentou-se. Apesar da aparente tranquilidade, seus olhos pareciam preocupados.

Respondeu às perguntas de Leach com bastante clareza, confirmando o relato de Nevile sobre a noite anterior. Ela subira para o quarto por volta das dez horas.

– O sr. Strange estava então com lady Tressilian?

– Sim, pude ouvi-los conversando.

– Conversando, srta. Aldin, ou discutindo?

Ela enrubesceu, mas respondeu com serenidade:

– O senhor sabe, lady Tressilian gostava de uma discussão. Muitas vezes parecia amarga, quando na verdade não era nada disso. Tinha também uma tendência a ser autoritária e dominadora com as pessoas – e um homem não admite este tipo de coisa com a mesma facilidade que uma mulher.

"Como você, provavelmente", pensou Battle.

Ele olhou para o seu rosto inteligente. Foi ela quem rompeu o silêncio.

– Não quero parecer uma tola... mas me parece inacreditável... um tanto inacreditável que o senhor suspeite de alguém desta casa. Por que não poderia ter sido uma pessoa estranha?

– Por vários motivos, srta. Aldin. Um deles é o fato de que nada foi roubado, nenhuma entrada foi forçada. Não precisaria lembrá-la da geografia da sua própria casa e do terreno, no entanto, tente apenas imaginá-la. No lado oeste, há um penhasco íngreme direto para o mar; ao sul ficam os terraços com um muro e um declive para o mar; a leste, os jardins se derramam quase até a praia, mas são cercados por um muro alto. As únicas saídas são uma pequena porta que dá para a estrada, que pela manhã foi encontrada fechada pelo lado de dentro, como de costume, e a porta principal da casa, que também dá para a estrada. Não estou dizendo que alguém não pudesse ter escalado aquele muro ou ter entrado pela porta da frente usando uma chave reserva ou mesmo uma chave-mestra... o que estou dizendo é que, pelo que vejo, ninguém fez nada deste tipo. Seja lá quem for que tenha cometido este crime, sabia que Barrett costumava tomar a essência de sene todas as noites e a adulterou... o que significa que deve ser alguém da casa. O taco de golfe foi tirado do armário que fica embaixo da escada. Quem fez isto não era ninguém estranho, srta. Aldin.

– Não foi o Nevile! Tenho certeza de que não foi o Nevile!

– Por que tem tanta certeza?

Desalentada, ela levantou as mãos.

– Ele simplesmente não é assim... é por isso! Ele jamais mataria uma velha indefesa numa cama... Não o Nevile!

– Não parece muito provável – afirmou Battle sensatamente –, mas a senhora ficaria surpresa com as coisas que as pessoas fazem quando têm um motivo forte o suficiente. O sr. Strange pode ter precisado de dinheiro com muita urgência.

– Tenho certeza que não. Ele não é uma pessoa gastadora... nunca foi.

– Não. Mas a esposa dele é.

– Kay? É, talvez... mas é tão ridículo. Tenho certeza que a última coisa em que Nevile tem pensado ultimamente é dinheiro.

O superintendente Battle tossiu.

– Entendo que ele tivesse outras preocupações, não é?

– Suponho que Kay tenha lhe contado, não? Sim, tem sido bem difícil. Ainda assim, isso não tem nada a ver com este assassinato terrível.

– Provavelmente não, mas, mesmo assim, gostaria de ouvir a sua versão sobre o caso, srta. Aldin.

Mary falou devagar:

– Bem, como lhe disse, criou-se uma situação complicada. Para começar, seja lá de quem tenha sido essa ideia de...

Ele a interrompeu habilmente.

– Entendi que a ideia tinha sido do sr. Nevile Strange.

– Ele diz que foi.

– Mas a senhorita não pensa assim?

– Eu... não... não me parece próprio do Nevile. Sempre tive a sensação de que alguém teria colocado essa ideia na cabeça dele.

– A sra. Audrey Strange, talvez?

– Parece inacreditável que Audrey pudesse fazer uma coisa dessas.

– Sendo assim, de quem mais poderia ter sido?

Mary ergueu os ombros desconcertada.

– Não sei. É apenas... estranho.

– Estranho – disse Battle pensativo. – É a sensação que tenho com relação a este caso. É estranho.

– Tudo tem sido estranho. Tenho tido uma sensação... não consigo descrevê-la. Alguma coisa no ar. Uma ameaça.

– Todos tensos e inquietos?

– É, exatamente isso... E todos nós temos passado por isso. Até mesmo o sr. Latimer...

Ela se deteve.

– Eu já ia chegar ao sr. Latimer. O que pode me dizer, srta. Aldin, a respeito do sr. Latimer?

– Bom, na verdade, não sei muita coisa sobre ele. É amigo de Kay.

– Ele é amigo da sra. Strange. Eles se conhecem há muito tempo?

– Sim, ela o conheceu antes de se casar.

– O sr. Strange gosta dele?

– Sim, acredito que goste bastante.

– Nenhum problema quanto a isso?

Battle perguntou com delicadeza. Mary respondeu de imediato e enfática:

– Certamente não!

– Lady Tressilian gostava do sr. Latimer?

– Não muito.

Battle observou o tom de indiferença em sua voz e mudou de assunto.

– E agora, a empregada, Jane Barrett, trabalhava há muito tempo com lady Tressilian? A senhorita a considera como sendo alguém de confiança?

– Ah, com certeza. Ela sempre foi muito dedicada a lady Tressilian.

Battle recostou-se na cadeira.

– Realmente, a senhorita consideraria a hipótese de Barrett ter desferido um golpe na cabeça de lady Tressilian e depois se dopado para evitar que se suspeitasse dela?

– É claro que não. Por que motivo ela faria isso?

– Como sabe, ela recebe uma herança.

– E eu também – falou Mary Aldin.

Ela o encarou com firmeza.

– Sim – disse Battle. – A senhora recebe. Sabe quanto?

– O sr. Trelawny acabou de chegar. Ele me comunicou.

– A senhorita não sabia antes disso?

– Não. Pelo que lady Tressilian deixou escapar uma vez que outra eu sem dúvida imaginava que ela havia deixado alguma coisa para mim. Como o senhor sabe, não tenho muita coisa, não o suficiente para poder sobreviver sem trabalhar de algum modo. Pensava que lady Tressilian me deixaria uma renda de pelo menos cem libras por ano... no entanto, ela tem alguns primos, e eu não sabia realmente a forma como ela planejava deixar esta parte do dinheiro que era dela. Sabia, é claro, que a fortuna de sir Matthew ficaria para Nevile e Audrey.

– Então ela não sabia o que lady Tressilian deixaria para ela – disse Leach quando Mary Aldin foi dispensada. – Pelo menos é o que ela diz.

– É o que ela diz – concordou Battle. – E agora passaremos à primeira esposa do Barba Azul.

VII

Audrey usava um conjunto de saia e casaco de flanela cinza-clara. Vestida assim, parecia tão pálida e com uma aparência tão fantasmagórica que Battle lembrou-se das palavras de Kay: "um fantasma sombrio movendo-se furtivo pela casa".

Ela respondeu às perguntas dele de forma simples e sem nenhum sinal de emoção.

Sim, ela tinha ido para a cama às dez horas, o mesmo horário que a srta. Aldin. Não ouvira nada durante a noite.

– A senhora queira me desculpar por me intrometer nos seus assuntos pessoais – disse Battle –, mas poderia explicar exatamente como se sucedeu a sua vinda aqui para esta casa?

– Sempre venho para cá nesta época. Este ano, o meu... meu ex-marido queria vir neste mesmo período e perguntou se eu me incomodaria.

– Foi sugestão dele?

– Ah, sim.

– Não foi sua?

– Não, não.

– Mas a senhora concordou.

– Sim, concordei... Não achei... que poderia simplesmente recusar.

– Por que não, sra. Strange?

Ela, no entanto, foi vaga ao responder.

– Ninguém gosta de ser descortês.

– A senhora foi a parte lesada?

– Como disse?

– Foi a senhora quem pediu o divórcio?

– Sim.

– A senhora... queira me desculpar... mas a senhora sente algum rancor pelo seu ex-marido?

– Não, absolutamente.

– A senhora tem uma índole muito generosa, sra. Strange.

Ela não respondeu. Ele tentou o silêncio... mas Audrey não era Kay para ser levada a falar dessa maneira. Poderia permanecer em silêncio sem o menor sinal de inquietação. Battle se deu por vencido.

– A senhora tem certeza de que não foi ideia sua... este encontro?

– Certeza absoluta.

– A senhora mantém um relacionamento amigável com a atual sra. Strange?

– Não creio que ela goste muito de mim.

– E a senhora gosta dela?

– Sim, acho-a muito bonita.

– Bem... obrigado. Acho que isso é tudo.

Ela se levantou e se encaminhou para a porta. Em seguida, hesitou e voltou.

– Gostaria apenas de dizer... – Falava em um tom nervoso e apressado. – Os senhores acham que foi o Nevile quem fez isso... que a matou por causa do dinheiro. Tenho certeza que não é verdade. Nevile nunca ligou muito para dinheiro. Eu sei muito bem disso, pois, como sabem, fui casada com ele durante oito anos. Simplesmente não consigo imaginá-lo matando alguém por dinheiro... o

Nevile não é assim. Sei que o que estou dizendo não tem muito valor como prova de nada... mas gostaria de fato que acreditassem.

Virou-se e saiu depressa da sala.

– O que achou dela? – perguntou Leach. – Nunca vi ninguém tão... tão desprovido de emoções.

– Ela não demonstrou nada – disse Battle. – Mas ela existe. Há algum tipo de emoção muito forte... só não sei o que é...

VIII

Thomas Royde era o último. Sentou-se solene e formal, piscando um pouco como uma coruja.

Era a primeira vez que vinha para casa após oito anos na Malásia. Tinha o hábito de se hospedar em Gull's Point desde que era menino. A sra. Audrey Strange era uma prima distante... e havia sido criada por sua família desde os nove anos. Na noite anterior, tinha ido para o quarto um pouco antes das onze. Sim, ouvira quando o sr. Nevile Strange saíra da casa, porém não o havia visto. Ele saíra por volta das 22h20 ou talvez um pouco mais tarde. Não escutara nenhum barulho durante a noite. Já havia se levantado e estava no jardim quando o corpo de lady Tressilian foi encontrado. Costumava levantar cedo.

Houve uma pausa.

– A srta. Aldin nos disse que havia uma situação de tensão na casa. O senhor notou isso também?

– Acho que não. Não sou de observar muito.

"É mentira", pensou Battle. "Você observa muito, diria até que muito mais do que os outros."

Não, ele não achava que Nevile Strange estivesse com qualquer tipo de problema financeiro – certamente não parecia estar. Mesmo assim, sabia muito pouco sobre os negócios do sr. Strange.

– O senhor conhece bem a segunda sra. Strange?

– Eu a conheci quando cheguei aqui.

Battle deu a sua última cartada.

– Como deve saber, sr. Royde, encontramos as impressões digitais do sr. Nevile Strange na arma. E encontramos também sangue na manga do paletó que ele usou ontem à noite.

Ele parou. Royde concordou com a cabeça.

– Ele estava nos contando – murmurou Royde.

– Pergunto-lhe francamente: o senhor acha que foi ele?

Thomas Royde nunca gostou de ser apressado. Aguardou cerca de um minuto, o que é um tempo muito longo, antes de responder:

– Não vejo por que o senhor faz essa pergunta para mim. Não é um problema meu, é seu. Mas diria que acho muito improvável.

– E consegue imaginar alguém que lhe pareça mais provável?

Thomas balançou a cabeça.

– A única pessoa que considero provável não poderia ter sido. Portanto, isso é tudo.

– E quem é essa pessoa?

Mas Royde balançou a cabeça ainda mais decidido.

– Não poderia lhe dizer. É apenas a minha opinião.

– É seu dever auxiliar a polícia.

– Sim, é meu dever auxiliar com fatos. Isso não se trata de um fato. É apenas uma ideia. E de qualquer forma seria impossível.

– Não conseguimos tirar muita coisa dele – disse Leach após a saída de Royde.

Battle concordou.

– Não, não conseguimos. Ele tem alguma coisa em mente... alguma coisa bem precisa. Gostaria de saber o que é. Este é um crime muito peculiar, Jim...

O telefone tocou antes que Leach pudesse responder. Ele pegou o telefone e, depois de ouvir por alguns minutos, falou "muito bom" e desligou.

– O sangue da manga do paletó é humano – comunicou ele. – E é do mesmo grupo sanguíneo de lady Tressilian. Parece que Nevile Strange está a perigo...

Battle caminhara até a janela e estava olhando para fora com considerável interesse.

– Há um belo jovem lá fora – observou ele. – Belo e definitivamente falso, eu diria. É uma pena que o sr. Latimer – ou ao menos penso que se trate dele – estivesse em Easterhead Bay ontem à noite. Ele é o tipo de sujeito que esmagaria a cabeça da própria avó, caso achasse que não seria apanhado e soubesse que com isso conseguiria obter alguma vantagem.

– Bem, nada foi deixado para ele – disse Leach. – A morte de lady Tressilian não o beneficia de nenhuma forma. – O telefone tocou outra vez. – Que droga esse telefone! Qual é o problema agora?

E foi atendê-lo.

– Alô. Ah, é o senhor, doutor. O quê? Ela recobrou a consciência, então? O quê? O quê?

Virando-se, falou:

– Tio, venha e escute só isso.

Battle pegou o telefone. Enquanto ouvia, seu rosto permaneceu como de costume, sem mostrar nenhuma expressão. Falou para Leach:

– Traga o sr. Nevile Strange, Jim.

Quando Nevile entrou, Battle estava acabando de recolocar o fone no gancho.

Nevile, com uma aparência pálida e extenuada, olhava curioso para o superintendente da Scotland Yard, tentando imaginar que tipo de emoção havia por trás daquela máscara impassível.

– Sr. Strange – disse Battle –, o senhor conhece alguém que não goste do senhor?

Nevile olhou-o fixamente e negou.

– Tem certeza? – Battle foi imponente. – Quero dizer, senhor, alguém que, mais do que isso, que o odeie abertamente?

Nevile sentou-se muito reto.

– Não. Não, é claro que não. Não há ninguém do tipo.

– Pense bem, sr. Strange. Não há ninguém que, de uma forma ou de outra, o senhor tenha prejudicado ou ofendido?

Nevile corou.

– Há apenas uma pessoa que se pode dizer que magoei, mas ela não é do tipo que guarda rancor. É a minha primeira esposa, quando a deixei por outra mulher. Mas posso lhe garantir que ela não me odeia. Ela... ela tem sido um anjo.

O superintendente debruçou-se na mesa.

– Deixe-me lhe dizer, sr. Strange, que o senhor é um homem de muita sorte. Não digo que simpatizasse com os argumentos contra o senhor... realmente não me agradavam. Mas eram bons argumentos! E seriam argumentos muito convincentes, a menos que os jurados por acaso gostassem muito do senhor como pessoa, seriam suficientes para levá-lo à forca.

– O senhor fala – disse Nevile – como se tudo isso já fosse coisa do passado.

– Sim, já é passado – disse Battle. – O senhor foi salvo, sr. Strange, por pura sorte.

Nevile ainda o olhava intrigado.

– Depois que o senhor deixou o quarto dela na noite passada – disse Battle –, lady Tressilian tocou a campainha chamando a empregada.

Battle observou enquanto Nevile assimilava o que ouvia.

– Depois... então Barrett a viu...

– Sim. Ela estava viva e muito bem. Barrett também viu quando o senhor saiu, antes de ir atender lady Tressilian.

Nevile falou:

– Mas o taco... as minhas impressões digitais...

– Ela não foi atacada com aquele taco. Pude perceber que o dr. Lazenby não ficou satisfeito em considerá-lo como sendo a arma do crime. Ela foi assassinada com algum outro objeto. Aquele taco foi colocado ali deliberadamente com o objetivo de lançar a suspeita sobre o senhor. Pode ter sido alguém que ouviu a sua discussão e por isso o escolheu como uma vítima perfeita, ou pode ter sido porque...

Ele parou e repetiu a pergunta:

– Quem é que o odeia nesta casa, sr. Strange?

IX

– Tenho uma pergunta para lhe fazer, doutor – disse Battle.

Estavam na casa do médico após retornarem do hospital, onde haviam feito um breve interrogatório com Jane Barrett.

Barrett estava fraca e esgotada, mas mesmo assim foi bastante clara no seu depoimento.

Ela recém havia se recolhido após tomar seu chá de sene quando lady Tressilian tocou a campainha. Olhou para o relógio – eram 22h25.

Então vestiu o roupão e desceu. Ao ouvir um barulho no hall, olhou por cima do corrimão.

– Era o sr. Nevile que estava saindo. Estava pegando a sua capa de chuva no cabide.

– Que terno ele estava usando?

– O terno cinza listrado. Pelo seu rosto, parecia muito preocupado e triste. Enfiou os braços na capa como se não estivesse se importando muito em vesti-la. Depois saiu e bateu a porta. Segui até o quarto de lady Tressilian. Ela estava muito sonolenta, coitada, e não conseguia se lembrar por que havia me chamado – ela nunca se lembrava, pobre senhora. Trouxe-lhe um copo d'água e arrumei os travesseiros dela, deixando-a confortável.

– Ela não parecia perturbada ou com medo de alguma coisa?

– Não, só parecia cansada. Eu mesma estava cansada e bocejando. Subi e fui direto dormir.

Este era o relato de Barrett, e parecera impossível duvidar da sua autêntica tristeza e horror diante da notícia da morte da sua patroa.

Voltaram para a casa de Lazenby, e foi então que Battle informou que tinha uma pergunta a fazer.

– Pode perguntar – disse Lazenby.

– A que horas o senhor acha que lady Tressilian morreu?

– Já lhe disse. Entre dez horas e meia-noite.

– Sei que foi isso o que o senhor afirmou. Mas não foi essa a minha pergunta. O que eu perguntei é o que o senhor particularmente *acha*.

– Extraoficialmente?

– Sim.

– Muito bem. Meu palpite seria algo em torno de onze horas da noite.

– É isso o que eu queria que o senhor dissesse – disse Battle.

– Fico feliz em ajudar. Mas por quê?

– Nunca fiquei satisfeito com a ideia de ela ter sido assassinada antes das 22h20. Veja a questão do sonífero da Barrett... ainda não teria tido efeito. Aquele sonífero revela que o assassinato estava planejado para ser cometido bem mais tarde... durante a noite. Particularmente, ainda prefiro pensar em meia-noite.

– Pode ser. Onze horas é apenas um palpite.

– Mas, definitivamente, não poderia ter sido depois da meia-noite?

– Não.

– Não poderia ter sido depois das duas e meia?

– Por Deus, não!

– Bem, isso parece que elimina o Strange. Vou apenas verificar os movimentos dele após a sua saída da casa. Se estiver falando a verdade, estará limpo e poderemos passar para os outros suspeitos.

– As outras pessoas que herdam o dinheiro? – sugeriu Leach.

– Talvez – respondeu Battle. – Mas, por algum motivo, não acho que seja o caso. O que estou procurando é uma pessoa com alguma deformidade.

– Uma deformidade?

– É. Uma deformidade grosseira.

Quando saíram da casa do médico, foram até a barca. A barca consistia de um barco a remo operado por dois irmãos, Will e George Barnes. Os irmãos Barnes conheciam todos os moradores de Saltcreek de vista e a maior parte das pessoas que vinham de Easterhead Bay. George disse de imediato que o sr. Strange, de Gull's Point, havia atravessado às dez e meia na noite anterior. Não, ele não trouxera o sr. Strange de volta. A última barca partira do lado de Easterhead à uma e meia e o sr. Strange não estava nela.

Battle perguntou se ele conhecia o sr. Latimer.

– Latimer? Latimer? Um jovem alto e bonito? Costuma vir do hotel para Gull's Point? Sim, conheço. No entanto, não o vi ontem à noite. Ele atravessou hoje pela manhã e voltou na última viagem.

Atravessaram na barca e foram até o Hotel Easterhead Bay, onde encontraram Latimer, que acabara de voltar do outro lado. Ele havia atravessado na barca anterior à deles.

O sr. Latimer estava muito ansioso para fazer todo o possível para ajudar.

– Sim, o velho Nevile veio aqui ontem à noite. Parecia muito triste com alguma coisa. Contou-me que tivera uma discussão com a velha senhora. Soube que ele teve uma briga com Kay também, mas não me contou sobre isso, é claro. De qualquer maneira, estava um pouco abatido. Pela primeira vez, parecia um tanto satisfeito com a minha companhia, de certo modo.

– Ele não conseguiu encontrá-lo de imediato, entendi bem?

Latimer disse prontamente:

– Não sei por quê. Eu estava sentado ali no salão. Strange disse que olhou e não me viu, mas ele não estava em condições de se concentrar. Ou pode ser que eu tenha saído por uns cinco minutos para dar uma volta no jardim. Sempre que posso, vou lá para fora. Há um cheiro desagradável neste hotel. Notei isso no bar ontem à noite. Creio que seja do esgoto! Strange também observou. Nós dois sentimos esse cheiro repulsivo de podre. Pode ser um rato morto debaixo do piso da sala de bilhar.

– Vocês jogaram bilhar, e depois do jogo?

– Conversamos um pouco, tomamos mais um ou dois drinques. Depois Nevile falou "nossa, perdi a barca", então falei que tiraria o meu carro para levá-lo, e foi o que fiz. Chegamos lá por volta das duas e meia.

– E o sr. Strange esteve com o senhor durante toda a noite?

– Ah, sim. Pode perguntar para qualquer pessoa, todos confirmarão.

– Obrigado, sr. Latimer. Temos que ser muito cuidadosos.

Em seguida que deixaram o jovem sorridente e controlado, Leach falou:

– Qual é o seu plano com estas investigações tão cuidadosas a respeito do Nevile Strange?

Battle sorriu. De repente, Leach compreendeu.

– Deus meu! É o outro que você está investigando. Então é esta a sua ideia.

– Ainda é cedo demais para ter ideias – disse Battle. – Só preciso saber exatamente onde o sr. Ted Latimer estava ontem à noite. Sabemos que das onze e quinze, digamos, à meia-noite ele estava com Nevile Strange. No entanto, onde ele estava antes disso, quando Nevile chegou e não conseguiu encontrá-lo?

Prosseguiram obstinadamente com os interrogatórios – com os atendentes do bar, os garçons, os ascensoristas. Latimer tinha sido visto no salão entre nove e dez horas. Ele estivera no bar às 22h15. Porém, entre este horário e as 23h20, ele estivera singularmente esquivo. Depois, uma das empregadas declarou que o sr. Latimer havia estado em um dos pequenos escritórios com a sra. Beddoes, uma senhora gorda do norte do país.

Pressionada com relação ao horário, afirmou que achava que havia sido por volta das onze horas.

– Isso derruba a minha ideia – disse Battle tristemente. – Ele estava aqui mesmo. Apenas não queria atrair a atenção para a sua amiga gorda e, sem dúvida, rica. Isto nos leva de volta aos outros: os criados, Kay Strange, Audrey Strange, Mary Aldin e Thomas Royde. Um deles matou a velha senhora, mas qual? Se pudéssemos descobrir a arma verdadeira...

Ele parou, depois bateu com força na coxa.

– Consegui, Jim! Agora sei o que me fez lembrar de Hercule Poirot. Vamos fazer um intervalo para o almoço e em seguida voltaremos para Gull's Point, tenho que lhe mostrar uma coisa.

X

Mary Aldin estava inquieta. Entrava e saía da casa, juntava flores sem vida aqui e ali, voltou para a sala de estar e mudou os vasos de flores de lugar, arrumando-os de um jeito inexpressivo.

Ouviu um vago murmúrio de vozes vindas da biblioteca. O sr. Trelawny estava lá com Nevile. Kay e Audrey não estavam por perto.

Mary voltou para o jardim de novo. Avistou Thomas Royde fumando tranquilamente e foi juntar-se a ele.

– Ah, meu Deus – disse sentando-se ao lado dele com um suspiro profundo e perplexo.

– Algum problema? – perguntou Thomas.

Mary riu, e havia um leve tom de histeria em seu riso.

– Só mesmo você para dizer uma coisa como essa. Houve um assassinato em casa e tudo o que você diz é "algum problema?".

Parecendo um pouco surpreso, Thomas falou:

– Quis dizer se havia algum fato novo.

– Ah, eu sei o que você quis dizer. É de fato um alívio extraordinário encontrar alguém tão gloriosamente impassível como você!

– Não adianta muito ficar todo irritado com as coisas, você não acha?

– Não, não. Você é perfeitamente sensato. O que acho desconcertante é o modo como você consegue ser assim.

– Bem, creio que seja porque sou um estranho.

– É verdade, é claro. Você não tem como sentir o alívio que todos nós sentimos pelo fato de Nevile deixar de ser considerado suspeito.

– Estou muito satisfeito, é claro – disse Royde.

Mary estremeceu.

– Foi por pouco. Se Camilla não tivesse tido a ideia de tocar a campainha para chamar Barrett depois que Nevile saiu do quarto...

Ela deixou a frase inacabada. Thomas completou.

– Por certo o velho Nevile estaria acabado.

Ele falara com um tom de satisfação assustador, depois balançou a cabeça com um leve sorriso ao encarar o olhar reprovador de Mary.

– Não sou realmente um sujeito cruel, mas agora que está tudo certo com Nevile não posso deixar de sentir alguma satisfação por ele ter passado por este transtorno. Ele é sempre tão odiosamente pedante.

– Ele não é assim, Thomas.

– Talvez não. Vai ver é só o jeito dele. De qualquer forma, ele parecia danado de assustado hoje pela manhã!

– Como você é cruel!

– Seja como for, já está tudo bem. Sabe, Mary, até mesmo nisso o Nevile teve uma sorte danada. Qualquer outro pobre coitado que tivesse todas essas provas contra si jamais teria tido tanta sorte.

Mary estremeceu outra vez.

– Não diga isso. Gosto de pensar que os inocentes estão... protegidos.

– É mesmo, minha querida? – sua voz estava suave.

Mary exclamou de repente:

– Thomas, estou preocupada. Terrivelmente assustada e preocupada!

– Sim.

– É com relação ao sr. Treves.

Thomas deixou cair o cachimbo nas pedras. Sua voz mudou quando se abaixou para apanhá-lo.

– O que tem o sr. Treves?

– Naquela noite em que ele esteve aqui... e aquela história que contou... sobre um pequeno assassino! Estive pensando, Thomas... será que era apenas uma história? Ou será que ele contou com algum propósito?

– Você quer dizer – disse Royde deliberadamente – se a história visava alguém que estava presente na sala?

Mary murmurou:

– Sim.

Thomas falou com calma:

– Estive pensando também. Na verdade, era nisso que eu estava pensando agora mesmo quando você apareceu.

Mary tinha os olhos semicerrados.

– Estava tentando lembrar... sabe, ele contou aquela história tão deliberadamente. Quase forçou o assunto no meio da conversa. E afirmou que reconheceria a pessoa em qualquer lugar. Fez questão de enfatizar isso. Foi como se ele a tivesse reconhecido.

– Hum... já pensei em tudo isso – disse Thomas.

– Mas por que ele faria isso? Com que objetivo?

– Creio – disse Royde – que tenha sido uma espécie de advertência e não algum tipo de teste.

– Você quer dizer que o sr. Treves sabia que Camilla seria ser assassinada?

– Não, não. Isso seria fantástico demais. Pode ter sido apenas uma advertência geral.

– Tenho pensado... você acha que devemos contar isso à polícia?

Thomas respondeu outra vez com sua avaliação muito ponderada.

– Acho que não – disse ele, por fim. – Não vejo porque isso seria relevante de alguma forma. Não é como se o sr. Treves estivesse vivo e pudesse lhes dizer alguma coisa.

– Não – disse Mary. – Ele está morto! – ela estremeceu de leve. – É tão estranho, Thomas, o jeito como ele morreu.

– Foi um ataque cardíaco. Ele tinha problemas de coração.

– Eu me referia àquela coisa curiosa do elevador estar enguiçado. Não gosto dessa história.

– Eu também não gostei muito disso – disse Thomas Royde.

XI

O superintendente Battle olhou em volta do quarto. A cama havia sido feita. Nada além disso fora alterado. Estava arrumado quando inspecionaram pela primeira vez. E continuava arrumado agora.

– É isso – disse o superintendente Battle, apontando para a antiga grade de proteção da lareira. – Está vendo alguma coisa estranha nesta grade?

– Precisa de uma limpeza – disse Jim Leach. – Está bem conservada. Não vejo nada de estranho, exceto... sim, o puxador da esquerda está mais brilhoso que o da direita.

– Foi isso o que trouxe Hercule Poirot à minha mente – disse Battle. – Você sabe que ele tem essa mania com coisas que não estejam totalmente simétricas... fica todo exaltado. Suponho que, inconscientemente, eu tenha pensado "isso teria afligido o velho Poirot", e então comecei a falar nele. Pegue o seu equipamento de impressões digitais, Jones, e vamos dar uma olhada nestes dois puxadores.

Logo em seguida, Jones passou as informações.

– Há impressões no puxador do lado direito, senhor, e nenhuma no do lado esquerdo.

– É o do lado esquerdo que queremos, então. Aquelas outras impressões foram deixadas pela empregada quando limpou pela última vez. O puxador da esquerda foi limpo por duas vezes.

– Havia um pouco de papel lixa amassado neste cesto de lixo – voluntariou-se Jones. – Não imaginei que isso pudesse ser relevante.

– Isso porque, naquele momento, você não sabia o que estava procurando. Mas, agora, gentilmente, aposto que você gostaria de desparafusar este puxador... sim, foi o que pensei.

Em pouco tempo, Jones já havia retirado o puxador.

– É bem pesado – disse ele, avaliando o peso com as mãos.

Inclinando-se, Leach falou:

– Há algo escuro... no parafuso.

– É muito provável que seja sangue – disse Battle. – O sujeito limpou e secou o puxador, porém não notou esta pequena mancha no parafuso. Aposto o que você quiser que esta foi a arma que atingiu o crânio de lady Tressilian. Mas ainda resta muito mais a ser descoberto. Fica com você, Jones, fazer outro exame minucioso pela casa. Dessa vez, você saberá exatamente o que procura.

Deu rapidamente mais algumas instruções detalhadas. Foi até a janela e colocou a cabeça para fora.

– Há alguma coisa amarela enfiada na hera. Aquilo pode ser outra peça do quebra-cabeça. Realmente acho que é.

XII

Ao atravessar o hall, o superintendente Battle foi interpelado por Mary Aldin.

– Posso falar com o senhor um minuto, superintendente?

– É claro, srta. Aldin. Podemos entrar aqui?

Ele abriu a porta da sala de jantar. Hurstall já havia tirado a mesa do almoço.

– Quero lhe fazer uma pergunta, superintendente. Com certeza o senhor não pode ainda achar que este... que este crime terrível tenha sido cometido por um de nós, não é? Deve ter sido alguém estranho! Algum maníaco!

– É possível que a senhora não esteja enganada quanto a isso, srta. Aldin. Maníaco é uma palavra que descreve muito bem este criminoso, salvo engano meu. Mas não se trata de um estranho.

Os olhos dela se abriram bem arregalados.

– O senhor quer dizer que alguém nesta casa é... é louco?

– A senhorita deve estar imaginando – disse o superintendente – alguém espumando pela boca e revirando os olhos. Os maníacos não são assim. Alguns dos criminosos lunáticos mais perigosos parecem tão sãos quanto a senhorita ou quanto eu. A questão normalmente se refere ao fato de a pessoa ter uma obsessão. É como uma ideia que fica atormentando a mente e aos poucos acaba distorcendo-a. Pessoas patéticas e racionais chegam e explicam o quanto estão sendo perseguidas e o modo como estão sendo espionadas por alguém... e muitas vezes chegamos a achar que seja tudo verdade.

– Posso lhe garantir que aqui ninguém tem essa fantasia de estar sendo perseguido.

– Citei isso apenas como um exemplo. Há outras formas de insanidade. Creio que, seja lá quem tenha cometido este crime, estava sob o domínio de uma ideia fixa... uma ideia que se desenvolveu lentamente na mente dessa pessoa até que nada mais tivesse qualquer importância.

Mary estremeceu e falou:

– Há algo que creio que o senhor deva saber.

Ela contou a ele, de uma forma clara e sucinta, sobre a visita do sr. Treves e a história que ele havia contado. O superintendente Battle ficou profundamente interessado.

– Ele disse que reconheceu essa pessoa? A propósito... era homem ou mulher?

– Presumi que a história se tratava de um menino... porém, a verdade é que o sr. Treves não disse de fato... por sinal, estou me lembrando agora... ele afirmou claramente que não iria fornecer detalhes relativos ao sexo ou à idade.

– É mesmo? É possível que isto seja muito significativo. E ele disse que havia uma determinada peculiaridade física através da qual ele poderia reconhecer com certeza essa criança em qualquer lugar?

– Exatamente.

– Uma cicatriz, talvez... alguém aqui tem uma cicatriz?

Ele notou a leve hesitação de Mary antes de responder:

– Não que eu tenha notado.

– Ora, srta. Aldin – ele sorriu. – A senhora notou alguma coisa. E, se notou, não acha que serei capaz de notá-la também?

Ela balançou a cabeça.

– Não... não notei nada do gênero.

Mas ele percebeu que ela ficara preocupada e assustada. As palavras dele obviamente haviam lhe sugerido uma série de pensamentos nada agradáveis. Ele desejava saber apenas o que era, porém sua experiência o ensinara que pressioná-la naquele momento não produziria nenhum resultado.

Ele conduziu a conversa de volta para o velho sr. Treves.

Mary contou a trágica continuação daquela noite.

Battle interrogou-a durante um bom tempo, depois afirmou com serenidade:

– Isto é novo para mim. Nunca encontrei nada assim antes.

– O que o senhor quer dizer?

– Nunca me deparei com um assassinato cometido pelo mero expediente de pendurar um aviso em um elevador.

Ela parecia horrorizada.

– O senhor não acha realmente que...

– Que foi assassinato? É claro que foi! Um crime rápido e inventivo. É claro que poderia não ter dado certo... mas de fato funcionou.

– Só porque o sr. Treves sabia...

– Sim. Porque ele poderia ser capaz de voltar a nossa atenção para uma pessoa específica desta casa. Da forma como as coisas estão neste momento, começamos no escuro. Porém agora temos um vislumbre de luz, e a cada minuto este caso vai ficando mais claro. Vou lhe dizer uma coisa, srta. Aldin, este assassinato foi planejado de antemão com muito cuidado e nos mínimos detalhes. E quero que grave uma coisa: não deixe ninguém saber isto que acabou de me contar. Isto é importante. Lembre-se, não diga a ninguém.

Mary concordou com a cabeça, embora ainda parecesse atordoada.

O superintendente Battle saiu da sala e prosseguiu para fazer o que estava por fazer quando Mary Aldin o interceptou. Era um homem metódico. Desejava certas informações e uma pista nova e promissora, por mais tentadora que pudesse ser, não o desviaria do cumprimento ordenado de suas obrigações.

Bateu na porta da biblioteca e ouviu a voz de Nevile Strange dizer: "Entre".

Battle foi apresentado ao sr. Trelawny, um homem alto e distinto de olhos negros e perspicazes.

– Desculpe-me se estou interrompendo – disse o superintendente Battle. – Mas há um detalhe que ainda não ficou bem claro. O senhor, sr. Strange, herda a metade da fortuna do falecido sir Matthew, e quem herda a outra metade?

Nevile pareceu surpreso.

– Já lhe disse. É a minha esposa.

– Sim. Mas... – Battle tossiu de uma maneira reprovadora – qual esposa, sr. Strange?

– Ah, entendo. Sim, devo ter me expressado mal. O dinheiro vai para Audrey, que era a minha esposa na época em que o testamento foi feito. Está correto, sr. Trelawny?

O advogado assentiu.

– O testamento foi escrito de uma forma muito clara. A herança deve ser dividida entre o tutelado de sir Matthew, Nevile Strange, e sua esposa, Audrey Elizabeth Strange, nascida Standish. O divórcio posterior não faz nenhuma diferença.

– Ficou claro, então – disse Battle. – Imagino que a sra. Audrey Strange esteja totalmente ciente destes fatos, sim?

– Sem dúvida – disse o sr. Telawny.

– E a atual sra. Strange?

– Kay? – Nevile parecia ligeiramente surpreso. – Ah, imagino que sim. Pelo menos... nunca falei muito com ela sobre este assunto.

– Acho que o senhor deverá constatar – disse Battle – que houve um equívoco. A sra. Kay pensa que, com a morte de lady Tressilian, o dinheiro ficará para o senhor e para a sua atual esposa. Pelo menos, foi isso que ela deu a entender hoje pela manhã. E foi por isso que vim até aqui para descobrir como fica de fato esta situação.

– Que estranho! – exclamou Nevile. – Por outro lado, imagino que isso possa ter acontecido muito facilmente. Pensando melhor agora, lembro de ela ter dito uma ou duas vezes "herdaremos aquele dinheiro quando Camilla morrer", mas suponho que eu tenha imaginado que ela estivesse apenas se incluindo na minha parte da herança.

– É incrível – falou Battle – a quantidade de mal-entendidos que acontecem até mesmo entre duas pessoas que discutem com bastante frequência sobre um determinado assunto... cada uma delas pressupondo coisas diferentes sem que nenhuma identifique a discrepância.

– Suponho que sim – disse Nevile, não parecendo muito interessado. – De qualquer forma, não tem muita importância neste caso. Afinal, não estamos de forma alguma precisando de dinheiro. Fico feliz pela Audrey. Ela tem passado por dificuldades financeiras e esta herança fará uma grande diferença para ela.

Battle interrompeu:

– Mas é claro que, por ocasião do divórcio, ela deve ter se habilitado a receber uma pensão do senhor, não é?

Nevile corou e falou com uma voz constrangida:

– Há uma coisa chamada... orgulho, superintendente. Audrey sempre se recusou obstinadamente a tocar em um centavo da pensão que eu queria pagar.

– Uma pensão muito generosa – acrescentou o sr. Trelawny. – No entanto, a sra. Strange sempre devolvia e se recusava a aceitá-la.

– Muito interessante – disse Battle, e retirou-se antes que algum deles pudesse lhe pedir que explicasse aquele comentário.

Ele saiu e encontrou o sobrinho.

– Ao que tudo indica – disse ele –, há um bom motivo monetário para praticamente todos os envolvidos neste caso. Nevile e Audrey Strange recebem boas cinquenta mil libras cada um. Kay Strange pensa que tem direito a cinquenta mil. Mary Aldin fica com uma boa renda que a permitirá viver sem precisar trabalhar. Thomas Royde, sou obrigado a dizer, não ganha nada. No entanto, podemos incluir Hurstall e até mesmo Barrett, se admitirmos que ela possa ter assumido o risco de morrer para evitar suspeitas. Sim, como costumo dizer, não faltam motivos ligados ao dinheiro. E, mesmo assim, se eu estiver certo, o dinheiro não tem absolutamente nada a ver com este crime. É o tipo de assassinato cometido por puro ódio. E, se não aparecer ninguém para interromper o andamento do trabalho, vou pegar a pessoa que fez isto!

XIII

Angus MacWhirter estava sentado no terraço do Hotel Easterhead Bay, olhando fixamente para o misterioso cume do Stark Head, no outro lado do rio.

Naquele instante, estava ocupado fazendo um balanço minucioso de seus pensamentos e de suas emoções.

Não sabia ao certo por que escolhera aquele lugar para passar seus últimos poucos dias livres. Porém, alguma coisa o atraíra até ali. Talvez o desejo de se pôr à prova – de ver se ainda restava no seu coração alguma coisa daquele antigo desespero.

Mona? Pouco importava para ele agora! Ela estava casada com outro homem. Certo dia passara por ela na rua, sem que sentisse nenhuma emoção. Ainda podia lembrar de sua tristeza e amargura quando ela o deixara, mas agora era tudo passado.

Foi despertado destes pensamentos pelo impacto de um cachorro molhado e pela súplica frenética de sua nova amiga, srta. Diana Brinton, de treze anos.

– Ah, sai fora, Don. Sai fora. Não é terrível? Ele se esfregou em algum peixe ou alguma coisa lá na praia. Dá para sentir o cheiro a quilômetros de distância. O peixe devia estar podre!

O nariz de MacWhirter confirmou esta hipótese.

– Estava em uma fenda nas pedras – falou a srta. Brinton. – Levei ele até o mar e tentei lavá-lo, mas parece que não adiantou muito.

MacWhirter concordou. Don, um terrier de pelo hirsuto e temperamento amigável e amoroso, parecia magoado com a tendência dos seus amigos em mantê-lo firmemente a pelo menos um braço de distância.

– A água do mar não adianta – disse MacWhirter. – A única coisa que pode resolver é água quente e sabão.

– Eu sei. Mas não é muito fácil conseguir isto num hotel. Não temos banheiro privativo.

No fim, MacWhirter e Diana entraram sorrateiramente pela porta lateral com Don na coleira, levando-o às escondidas até o banheiro do quarto de MacWhirter, onde fizeram uma limpeza completa e tanto ele quanto Diana acabaram ficando muito molhados. Quando tudo terminou, Don estava muito triste. Outra vez aquele cheiro revoltante de sabonete... e justo quando ele encontrara um perfume realmente agradável e capaz de fazer inveja a qualquer outro cachorro. Ó, vida, era sempre a mesma coisa com os humanos... eles nunca tinham um olfato decente.

O pequeno incidente deixara MacWhirter com um humor mais animado. Pegou o ônibus para Saltington, onde havia deixado um terno para lavar.

A moça encarregada da lavanderia 24 horas olhou-o inexpressivamente.

– MacWhirter, o senhor disse? Acho que ainda não está pronto.

– Deveria estar.

Haviam prometido o terno para o dia anterior e, mesmo assim, já teriam se passado 48 e não 24 horas. Se fosse uma mulher, provavelmente teria dito tudo isso. Ele, no entanto, meramente franziu a testa.

– Ainda não deu tempo de aprontá-lo – disse a moça, sorrindo com indiferença.

– É absurdo.

A moça parou de sorrir e retrucou com aspereza:

– Seja como for, não está pronto.

– Então vou levar como está – disse MacWhirter.

– Mas nada foi feito ainda – avisou a moça.

– Vou levar mesmo assim.

– É possível que consigamos aprontá-lo para amanhã como um favor especial.

– Não tenho o hábito de pedir favores especiais. Apenas me entregue o terno, por favor.

Dirigindo-lhe um olhar irritado, a moça foi até a sala dos fundos. Voltou com um embrulho desengonçado, empurrando-o para o outro lado do balcão.

MacWhirter pegou o pacote e saiu.

Ele sentiu, de uma forma um tanto ridícula, como se tivesse conseguido uma grande vitória. Na verdade, isto significava apenas que ele precisaria mandar lavar o terno em outro lugar!

Quando voltou para o hotel, jogou o embrulho em cima da cama, olhando-o contrariado. Talvez pudessem lavá-lo e passá-lo no próprio hotel. Não estava na verdade tão ruim... talvez nem precisasse de fato ser lavado?

Desfez o pacote e suspirou aborrecido. Realmente, era impossível descrever o quanto a lavanderia 24 horas era ineficiente. Aquele não era o seu terno. Não era nem da mesma cor! Era um terno azul-marinho que ele havia deixado lá. Que desordeiros insolentes e ineficientes.

Olhou irritado para a etiqueta. Tudo bem, estava com o nome MacWhirter. Seria outro MacWhirter? Ou teria sido uma troca estúpida de etiquetas?

Olhando fixamente para o amontoado de roupas amassadas, de repente sentiu um cheiro forte.

Certamente conhecia aquele cheiro... um cheiro particularmente desagradável... de alguma forma associado a um cachorro. Sim, era isso. Diana e seu cachorro. Era mesmo literalmente um cheiro de peixe podre!

Curvou-se e examinou o terno. Lá estava... uma mancha desbotada no ombro do paletó. No ombro...

"Bom, isto é realmente muito curioso...", pensou MacWhirter.

De qualquer modo, no dia seguinte, teria uma conversa séria com a moça da lavanderia 24 horas. Que administração mais ordinária!

XIV

Depois do jantar, saiu do hotel e desceu a estrada até a barca. Era uma noite clara, porém fria, com um forte sabor antecipado de inverno. O verão terminara.

MacWhirter atravessou de barca para o lado de Saltcreek. Era a segunda vez que revisitava Stark Head.

Este lugar exercia um fascínio sobre ele. Subiu o morro lentamente, passando pelo Hotel Balmoral Court e depois por uma casa grande na ponta de um penhasco. "Gull's Point" – foi o nome que leu pintado no portão. É claro, fora ali que a velha senhora havia sido assassinada. Houve muitos comentários no hotel sobre o caso, a camareira havia insistido em lhe contar tudo sobre o assunto e os jornais haviam dado muita notoriedade, o que desagradara MacWhirter, que preferia ler sobre assuntos gerais e não tinha um interesse específico por crimes.

Ele continuou andando, desceu outra vez o morro e foi caminhando pela beira de uma pequena praia, avistando algumas antigas cabanas de pescadores que haviam sido reformadas. Depois voltou a subir até o final da estrada e acabou pegando o atalho que levava até Stark Head.

Era sinistro e assustador em Stark Head. MacWhirter ficou em pé, imóvel à beira do penhasco olhando para o mar lá embaixo, da mesma forma que estivera naquela outra noite. Tentou retomar alguns dos sentimentos que tivera então – o desespero, a raiva, o cansaço... o desejo de se livrar de tudo aquilo. Não havia, porém, nada a ser retomado. Tudo aquilo havia passado. Havia, em vez disso, uma raiva impassível. Preso naquela árvore, salvo pela guarda costeira, o alvoroço no hospital, com todos tratando-o como uma criança levada, e mais uma série de indignidades e afrontas. Por que não o deixaram em paz? Ele teria preferido mil vezes ficar livre de tudo aquilo. E ainda se sentia assim. A única coisa que perdera fora o ímpeto necessário.

Como lhe doía pensar em Mona naquele momento! Agora conseguia lembrar dela de uma forma muito serena. Ela sempre fora muito tola. Deixava-se levar facilmente por qualquer pessoa que a adulasse e incentivasse os seus autoconceitos. Era muito bonita. Sim, muito bonita... porém, nada inteligente. Não era o tipo de mulher com quem um dia ele sonhara.

Mas aquilo era beleza, é claro – a imagem vaga e fantasiosa de uma mulher correndo na noite com uma roupa branca num rastro esvoaçante... algo como a figura da proa de um navio... só não tão sólida... só quase não tão sólida...

E então, de repente, o incrível aconteceu! Surgiu uma figura correndo pela noite. Num instante ela não estava, e no momento seguinte... ali estava ela... uma figura branca correndo... correndo para a beira do penhasco. Uma figura bela e desesperada, perseguida pelas Fúrias, sendo conduzida à destruição! Corria num desespero terrível... Ele conhecia aquele desespero. Sabia o que significava...

Irrompeu das sombras como um raio e conseguiu segurá-la exatamente quando estava prestes a pular!

Ele falou em um tom feroz:

– Não! Não...

Era como segurar um pássaro. Ela se debateu... se debateu silenciosa e então, outra vez como um pássaro, de repente ficou imóvel.

Ele falou insistente:

– Não se atire! Nada vale isto. Nada. Mesmo que esteja desesperadamente infeliz...

Ela emitiu um som. Talvez fosse o distante vislumbre de um riso.

Ele disse bruscamente:

– Você não está infeliz? O que é então?

Ela respondeu de imediato, com a voz baixa e suave:

– Medo.

– Medo? – ficou tão admirado que acabou soltando-a, dando um passo para trás para poder vê-la melhor.

Ele constatou então a verdade das palavras dela. Fora o medo que conferira aquela urgência aos seus passos. Fora o medo que fizera com que o seu rosto pequeno, branco e inteligente parecesse tolo e vazio. Fora o medo que arregalara aqueles olhos muito separados.

Incrédulo, ele disse:

– Do que você tem medo?

Ela respondeu tão baixinho que mal pôde ouvi-la:

– Tenho medo de ser enforcada...

Sim, fora exatamente isto o que ela acabara de dizer. Ele a encarou fixamente. Depois desviou o olhar para a beira do penhasco.

– Então é por isso?

– Sim. Uma morte rápida em vez de... – ela fechou os olhos e estremeceu. Continuou estremecendo.

MacWhirter tentava juntar as peças e organizá-las com alguma lógica na sua mente. Por fim, falou:

– Lady Tressilian? A velha senhora que foi assassinada? – E depois concluiu, em tom acusador: – Você deve ser a sra. Strange... a primeira sra. Strange.

Ainda tremendo, ela assentiu com a cabeça.

Com sua voz calma e prudente, MacWhirter continuou tentando se lembrar de tudo o que ouvira. O rumor havia se fundido ao fato.

– Eles detiveram o seu marido... não foi? Havia muitas provas contra ele... depois constataram que as provas haviam sido forjadas por alguém...

Ele se deteve e olhou para ela. Ela já não tremia mais. Estava apenas ali parada olhando para ele como uma criança dócil. Ele achou sua atitude intoleravelmente comovente.

Sua voz prosseguiu:

– Entendo... sim, entendo o que aconteceu. Ele a deixou por causa de outra mulher, não foi? E você o amava... Foi por isso... – ficou calado por alguns instantes, depois falou: – Eu compreendo. Minha mulher me deixou por causa de outro homem...

Ela estirou os braços e começou a gaguejar descontrolada:

– N-n-ã-o... n-n-ã-o é i-s-s-o. N-não é m-m-e-s-m-o...

Ele a interrompeu. Sua voz era firme e imponente:

– Vá para casa. Não precisa mais ter medo. Você me ouviu? Vou tomar providências para que você não seja enforcada!

XV

Mary Aldin estava deitada no sofá da sala de estar. Sua cabeça doía e sentia todo o corpo exaurido.

Os interrogatórios policiais haviam sido realizados no dia anterior e, após os testemunhos formais de identificação, foram interrompidos por uma semana.

O funeral de lady Tressilian ocorreria no dia seguinte. Audrey e Kay tinham ido de carro a Saltington para comprar algumas roupas para o luto. Ted Latimer fora com elas. Nevile e Thomas Royde tinham saído para dar uma caminhada. Portanto, à exceção dos criados, Mary estava sozinha na casa.

O superintendente Battle e o inspetor Leach não apareceram, o que também era um alívio. Mary tinha a impressão que, com a ausência deles, uma sombra se dissipara. Haviam sido educados e, na verdade, bastante agradáveis, porém as perguntas incessantes, o interrogatório tenso, o exame minucioso de cada fato era o tipo de coisa que esgotava totalmente os nervos das pessoas. Mas agora aquele superintendente de rosto impassível já devia ter conhecimento de cada incidente, cada palavra e até mesmo cada gesto dos últimos dez dias.

Agora, com a ausência deles, havia paz. Mary deixou-se relaxar. Ela iria esquecer tudo... tudo. Iria apenas recostar-se e descansar.

– Com licença, senhora...

Era Hurstall, parado na soleira da porta, parecendo desculpar-se.

– Sim, Hurstall?

– Um cavalheiro deseja vê-la. Levei-o para o escritório.

Mary olhou-o espantada e um pouco aborrecida.

– Quem é?

– Apresentou-se como sr. MacWhirter, senhora.

– Nunca ouvi falar dele.

– Não, senhora.

– Deve ser algum repórter. Não deveria tê-lo deixado entrar, Hurstall.

Ele tossiu.

– Não creio que seja um repórter, senhora. Acho que é amigo da sra. Audrey.

– Bem, neste caso, é diferente.

Ajeitando o cabelo, Mary, sentindo-se muito cansada, atravessou o hall e entrou no pequeno escritório. De certa forma, ficou um pouco surpresa quando o homem alto que estava em pé diante da janela se virou, pois não parecia nem um pouco ser algum amigo de Audrey.

Apesar disso, ela falou gentilmente:

– Sinto muito, a sra. Strange saiu. Imagino que o senhor desejasse vê-la.

Ele olhou-a com um olhar pensativo e ponderador.

– A senhorita deve ser Mary Aldin? – disse ele.

– Sim.

– Acho provável que a senhorita possa me ajudar da mesma forma. Quero ver se encontro alguma corda.

– Corda? – disse Mary completamente espantada.

– Sim, uma corda. Onde poderia haver uma corda guardada por aqui?

Mais tarde Mary chegou à conclusão de que tinha sido meio hipnotizada. Se aquele homem estranho tivesse dado qualquer explicação, é provável que ela tivesse resistido. No entanto, Andrew MacWhirter, incapaz de imaginar uma explicação plausível, decidira, muito sabiamente, não usar nenhuma. Ele apenas declarara de uma forma muito simples o que queria. E lá estava ela, meio grogue, conduzindo MacWhirter na sua busca por uma corda.

– Que tipo de corda o senhor procura? – ela perguntara.

Ao que ele respondera:

– Qualquer corda serve.

Ela falou, titubeando:

– Talvez no galpão do jardim...

– Podemos ir até lá?

Ela foi na frente, mostrando o caminho. Havia um cordão e um curioso pedaço de uma corda mais fina, porém MacWhirter balançou a cabeça. O que ele queria era uma corda... um bom rolo de corda.

– Há também o depósito do sótão – falou Mary, hesitante.

– Ah, pode ser que esteja lá.

Entraram na casa outra vez e subiram. Mary abriu a porta do depósito. MacWhirter ficou parado na soleira da porta olhando para dentro e em seguida deu um curioso suspiro de contentamento.

– Lá está ela – disse ele.

Havia um grande rolo de corda dentro de um baú perto da porta, junto com um velho equipamento de pesca e algumas almofadas comidas pelas traças. Pousou a mão sobre o braço de Mary e a impeliu gentilmente para a frente até que ambos pudessem ver a corda. Ele tocou nela e disse:

– Gostaria que a senhorita gravasse bem isto na sua memória, srta. Aldin. Como pode observar, tudo aqui em volta está coberto de poeira. Só não há poeira nesta corda. Passe a mão e poderá sentir.

Admirada, ela falou:

– Parece ligeiramente úmida.

– Exato.

Ele se virou para sair.

– Mas e a corda? Pensei que o senhor a quisesse – falou Mary, surpresa.

MacWhirter sorriu.

– Eu só queria ter certeza de que estava aqui. Isso é tudo. Talvez a senhorita não se importe de trancar esta porta, srta. Aldin, e ficar com a chave? Sim, ficaria muito agradecido se pudesse entregá-la ao superintendente Battle ou ao inspetor Leach. Ela ficará melhor sob os cuidados deles.

Ao descerem as escadas, Mary fez um esforço para se restabelecer.

Ao chegarem ao hall principal, ela protestou:

– Mas realmente não compreendo...

MacWhirter falou com firmeza:

– Não é necessário que compreenda nada – segurou a mão dela, apertando-a calorosamente. – Fico muito grato pela sua cooperação.

Depois disso, saiu pela porta da frente. Mary ficou se perguntando se tudo aquilo não teria sido apenas um sonho!

Nevile e Thomas entraram em seguida, e um pouco mais tarde Kay e Ted voltaram de carro. Mary então se viu com inveja de Kay e Ted por serem capazes de ter uma aparência tão animada. Estavam rindo e brincando juntos. "Afinal de contas, por que não?", pensou. Camilla Tressilian não havia sido ninguém para Kay. Toda esta situação trágica era demais para uma criatura tão jovem e radiante.

Tinham acabado de almoçar quando a polícia chegou. Havia um tom assustado na voz de Hurstall ao anunciar que o superintendente Battle e o inspetor Leach aguardavam na sala de estar.

O rosto do superintendente Battle estava bastante simpático ao cumprimentá-los.

– Espero não estar incomodando – falou ele desculpando-se. – Mas há algumas coisas que gostaria de perguntar. Esta luva, por exemplo, a quem pertence?

Ele segurava uma pequena luva amarela de camurça. Dirigiu-se a Audrey.

– É sua, sra. Strange?

Ela balançou a cabeça.

– Não... não é minha.

– Srta. Aldin?

– Acho que não. Não tenho nenhuma desta cor.

– Posso ver? – Kay perguntou, estendendo a mão.

– Não.

– Poderia tentar vesti-la?

Kay tentou, mas a luva era muito pequena.

– Srta. Aldin?

Mary, por sua vez, também experimentou.

– É muito pequena para a senhorita também – disse Battle. Voltou-se para Audrey. – Creio que servirá perfeitamente na senhora. A sua mão é menor do que as das outras senhoras.

Audrey pegou a luva da mão dele e a experimentou em sua mão direita.

Nevile Strange falou bruscamente:

– Ela já lhe disse, Battle, que a luva não é dela.

– Bom – disse Battle –, talvez ela tenha se enganado. Ou, quem sabe, se esquecido.

Audrey afirmou:

– É possível que seja minha... as luvas são tão parecidas umas com as outras, não é?

Battle falou:

– Seja como for, esta luva foi encontrada do lado de fora da sua janela, sra. Strange, enfiada junto à hera... com o seu par.

Houve uma pausa. Audrey abriu a boca para falar, fechando-a em seguida. Abaixou os olhos diante do olhar fixo do superintendente.

Nevile deu um salto para frente.

– Escute aqui, superintendente...

– Podemos conversar com o senhor, sr. Strange, em particular? – Battle falou com gravidade.

– Sim, é claro, superintendente. Venha até a biblioteca.

Ele mostrou o caminho, e os dois policiais o acompanharam.

Assim que a porta se fechou, falou de um golpe:

– Que história ridícula é esta sobre as luvas do lado de fora da janela da minha esposa?

Battle falou calmamente:

– Sr. Strange, encontramos algumas coisas bastante estranhas nesta casa.

Nevile franziu a testa.

– Estranhas? O que quer dizer com estranhas?

– Vou lhe mostrar.

Em obediência a um aceno de Battle, Leach deixou a sala e voltou trazendo um utensílio muito esquisito.

Battle falou:

– Como o senhor pode ver, isto consiste de uma esfera de aço que serve como puxador de uma grade de proteção vitoriana... é uma pesada esfera de aço. Assim, a cabeça da raquete de tênis foi serrada e esta esfera foi aparafusada ao cabo desta. – Ele fez uma pausa. – Creio que não existam dúvidas de que foi isto o que foi usado para matar lady Tressilian.

– Que coisa horrível! – disse Nevile estremecendo. – Mas como o senhor encontrou este... este pesadelo?

– A esfera foi limpa e recolocada na grade de proteção. No entanto, o assassino esqueceu-se de limpar o parafuso, o que nos fez encontrar um vestígio de sangue. Da mesma forma, a cabeça e o cabo da raquete foram fixadas novamente com o uso de um esparadrapo. Foi, então, jogada displicentemente no armário debaixo da escada, onde é provável que permanecesse totalmente despercebida entre tantos outros objetos caso não estivéssemos procurando por alguma coisa deste tipo.

– O senhor foi esperto, superintendente.

– É só uma questão de rotina.

– Imagino que não tenham encontrado impressões digitais...

– Aquela raquete, que pelo peso diria que pertence à sra. Kay Strange, foi segurada por ela e também pelo senhor, e nela encontramos as impressões de ambos. Porém, revela também sinais inequívocos de ter sido usada depois de vocês por alguém que estivesse usando luvas. Havia mais uma impressão... desta vez, creio eu, deixada por descuido. Esta digital estava no esparadrapo cirúrgico usado para fixar novamente a raquete. Não direi de quem é por enquanto. Antes preciso mencionar outros fatos.

Battle fez uma pausa, depois falou:

– Quero que se prepare para um choque, sr. Strange. Mas primeiro tenho uma pergunta a lhe fazer. O senhor tem certeza de que foi sua a ideia de promover este encontro aqui, e que isto não foi na verdade uma ideia sugerida ao senhor pela sra. Audrey Strange?

– Audrey não fez nada disso. Audrey...

A porta se abriu e Thomas Royde entrou.

– Desculpem a intromissão – disse ele –, mas pensei que gostaria de estar presente para esta conversa.

Nevile virou-se para ele com uma expressão incomodada.

– Se não se importa, meu velho... é uma conversa particular.

– Lamento muito, mas realmente não estou me importando com isto. Olhe, ali de fora pude ouvir um nome ser mencionado. – Ele ficou calado por um instante, depois completou. – O nome de Audrey.

– E que diabo o nome de Audrey tem a ver com você? – perguntou Nevile, já alterado.

– Bem, se for assim, o que tem a ver com você? Ainda não falei nada definitivo com a Audrey, mas vim para cá com a intenção de pedi-la em casamento, e acho até que ela sabe disto. E mais: pretendo me casar com ela.

O superintendente Battle tossiu. Nevile se virou para ele num sobressalto.

– Queira me desculpar, superintendente. Esta interrupção...

Battle falou:

– Não há problema para mim, sr. Strange. Tenho mais uma pergunta para lhe fazer. Aquele terno azul-marinho que o senhor usou durante o jantar na noite do crime... estava com alguns fios de cabelos louros por dentro do colarinho e nos ombros. Sabe dizer como foram parar lá?

– Imagino que sejam meus.

– Ah, não, não são seus, sr. Strange. São cabelos de mulher e há fios de cabelos ruivos na manga.

– Suponho que estes sejam da minha mulher... de Kay. Os outros, o senhor está sugerindo que sejam de Audrey, não? Pois é bem provável que sejam. O botão do meu paletó ficou preso aos cabelos dela uma noite dessas no terraço. Lembro disso.

– Neste caso – murmurou o inspetor Leach –, os cabelos louros deveriam estar no botão da manga.

– Que diabos o senhor está insinuando? – gritou Nevile.

– Há também vestígios de pó de arroz na parte de dentro do colarinho – disse Battle. – Primavera Naturelle nº 1... um pó de arroz de aroma agradável e bem caro... Mas não adiantaria me dizer que é o senhor quem o usa, sr. Strange, pois eu não acreditaria. E a sra. Kay Strange usa Orchid Sun Kiss. A sra. Audrey Strange de fato usa Primavera Naturelle nº 1.

– O que o senhor está insinuando? – repetiu Nevile.

Battle inclinou o corpo para frente.

– Estou sugerindo que... em algum momento, a sra. Audrey Strange usou aquele casaco. É a única maneira razoável de explicar o fato do pó de arroz e dos cabelos terem ido parar ali. O senhor viu aquela luva que apresentei agora há pouco? A luva é dela, não há dúvida. Aquela era a mão direita, aqui está a esquerda. – Tirou a luva do bolso e a colocou sobre a mesa. Estava amarrotada e com manchas de uma cor que parecia ferrugem.

Nevile falou com um tom de medo em sua voz:

– O que é isto na luva?

– É sangue, sr. Strange – disse Battle com firmeza. – E o senhor pode observar que é a mão esquerda. Ora, a sra. Audrey Strange é canhota, foi a primeira coisa que observei quando a vi sentada à mesa do café com a xícara na mão direita e o cigarro na esquerda. E, na sua escrivaninha, a caixa de canetas havia sido trocada para o lado esquerdo. Tudo se encaixa. O puxador da grade de proteção do quarto dela, as luvas fora da sua janela, o cabelo e o pó de arroz no paletó. Lady Tressilian foi atingida na têmpora direita... mas, pela posição da cama, seria impossível que alguém tivesse ficado do outro lado desta. Daí se conclui que seria muito estranho alguém desferir o golpe em lady Tressilian usando a mão direita... porém, seria o movimento natural para uma pessoa canhota...

Nevile riu, desdenhoso.

– O senhor está sugerindo que Audrey... Audrey faria todos estes planos elaborados e atacaria uma velha senhora que ela conhecia há tantos anos a fim de botar a mão no dinheiro dela?

Battle balançou a cabeça.

– Não estou sugerindo nada disso. Sinto muito, sr. Strange, o senhor precisa entender as coisas como elas se apresentam. Desde o começo, este crime esteve voltado contra o senhor. Desde que o senhor a deixou, a sra. Audrey vem planejando uma possibilidade de vingança. No fim, ela acabou ficando mentalmente desequilibrada. Talvez nunca tenha tido uma mente muito forte. Pensou, talvez, em matá-lo, mas isto não seria suficiente. Pensou, por fim, em fazer com que o senhor fosse enforcado por assassinato. Escolheu uma noite em que sabia que o senhor havia tido uma discussão com lady Tressilian. Pegou o paletó no seu quarto e o usou ao atacar a velha senhora, de modo que ficasse manchado de sangue. Colocou o seu taco de golfe no chão, sabendo que nele encontraríamos as suas impressões digitais, e espalhou sangue e fios de cabelo na extremidade. Foi ela quem incutiu na sua cabeça a ideia de vir para cá quando ela estivesse aqui. E o que lhe salvou foi a única coisa com a qual ela não podia contar... o fato de lady Tressilian ter tocado a campainha para chamar Barrett, e por ela tê-lo visto sair de casa.

Nevile enterrou o rosto nas mãos e falou:

– Não é verdade! Não é verdade! Audrey nunca guardou rancor contra mim. O senhor entendeu tudo errado. Ela é a criatura mais correta, mais leal... uma pessoa que não tem nenhuma maldade no coração.

Battle suspirou.

– Não é minha função discutir com o senhor, sr. Strange. Apenas queria prepará-lo. Devo avisar a sra. Strange e pedir que ela me acompanhe. Tenho um mandado. É melhor que o senhor providencie um advogado para ela.

– É um absurdo. Um completo absurdo.

– O amor se transforma em ódio com muito mais facilidade do que o senhor pensa, sr. Strange.

– Pois lhe digo que tudo isso é um engano... um absurdo.

Thomas Royde o interrompeu. Sua voz era calma e suave.

– Pare de repetir que é um absurdo, Nevile. Controle-se. Não vê que agora a única coisa que pode ajudar Audrey é você abrir mão de todas as suas ideias de cavalheirismo e contar a verdade?

– A verdade? Você quer dizer...

– Quero dizer a verdade sobre Audrey e Adrian – Royde voltou-se para os policiais. – Veja, superintendente, o senhor entendeu os fatos de forma equivocada. Nevile não abandonou Audrey. Foi ela quem o deixou. Ela fugiu com meu irmão, Adrian. Em seguida, Adrian morreu em um acidente de carro. Nevile se comportou com extremo cavalheirismo com relação à Audrey. Providenciou que ela se divorciasse dele e que ele levasse a culpa.

– Não queria que o nome dela fosse arrastado na lama – murmurou Nevile emburrado. – Achei que ninguém soubesse dessa história.

– Adrian me escreveu contando um pouco antes de morrer – explicou Thomas em poucas palavras. Depois continuou: – O senhor não vê, superintendente, que este fato elimina o motivo? Audrey não tem razões para odiar Nevile. Pelo contrário, ela só tem motivos para lhe ser grata. Ele tentou que ela aceitasse uma pensão, o que ela não poderia aceitar. É claro que, quando ele quis que ela viesse e se encontrasse com Kay, ela achou que não poderia recusar.

– O senhor viu – acrescentou Nevile empolgado –, Thomas tem razão, isto elimina o motivo.

O rosto do superintendente Battle continuava impassível.

– O motivo é apenas um aspecto – disse ele. – Posso ter me enganado quanto a isso. Porém, existem os fatos, e todos eles a apontam como culpada.

Nevile falou expressivamente:

– Dois dias atrás os fatos apontavam a mim como culpado!

Battle pareceu um pouco desconcertado.

– Isto é verdade. Mas veja no que o senhor está me pedindo para acreditar, sr. Strange. O senhor está pedindo que eu acredite que existe alguém que odeie a ambos... alguém que, caso esta conspiração contra o senhor falhasse, teria preparado uma pista para nos levar até a sra. Audrey

Strange. Ora, o senhor consegue imaginar alguém que odeie não só o senhor, mas também a sua ex-esposa?

Nevile afundou o rosto nas mãos outra vez.

– Do modo com o senhor está falando, tudo isto parece tão inexplicável!

– Porque *é* inexplicável. Tenho que me orientar pelos fatos. Se a sra. Strange tiver alguma explicação a apresentar...

– E se eu tiver alguma explicação? – perguntou Nevile.

– Não vai adiantar nada, sr. Strange. Preciso cumprir o meu dever.

Battle levantou-se bruscamente. Ele e Leach saíram primeiro da sala, Nevile e Royde saíram logo depois. Atravessaram o hall em direção à sala de estar. Pararam ali.

Audrey Strange levantou-se e foi ao encontro deles. Olhando diretamente para Battle, com os lábios entreabertos num quase sorriso, disse com muita suavidade:

– O senhor quer a mim, não é?

Battle passou a falar num tom bem oficial.

– Sra. Strange, tenho aqui um mandado para efetuar a sua prisão pelo assassinato de Camilla Tressilian na última segunda-feira, dia 12 de setembro. Devo avisá-la de que tudo o que disser será anotado e poderá ser usado como prova no seu julgamento.

Audrey suspirou. Seu pequeno rosto estava sereno e puro como um camafeu.

– É quase um alívio. Estou contente que... que isto tenha acabado!

Nevile saltou bruscamente.

– Audrey... não diga nada... não diga nem uma palavra.

Ela sorriu para ele.

– Mas por que não, Nevile? É tudo verdade... e estou tão cansada!

Leach respirou fundo. Bem, então era isso. Uma loucura total, é claro, mas pouparia muita preocupação!

Ele ficou se perguntando o que teria acontecido com o seu tio. O velho estava com um jeito que parecia ter visto um fantasma. Olhava fixamente para aquela pobre criatura demente como se não acreditasse no que via.

"Bom, tinha sido um caso interessante", pensou Leach satisfeito.

E então, num anticlímax quase grotesco, Hurstall abriu a porta da sala de estar e anunciou:

– O sr. MacWhirter.

MacWhirter entrou impassível. Foi direto até o superintendente Battle.

– O senhor é o policial encarregado do caso Tressilian? – perguntou ele.

– Sim, sou eu.

– Tenho uma importante declaração a fazer. Lamento não tê-la apresentado antes, mas só agora comecei a perceber a importância de algo que vi por acaso na noite da última segunda-feira – ele deu uma olhada rápida ao redor da sala. – Será que poderia falar com o senhor em algum outro lugar?

Battle virou-se para Leach.

– Você poderia ficar aqui com a sra. Strange?

Leach respondeu em tom oficial:

– Sim, senhor.

Depois inclinou-se para a frente e cochichou alguma coisa no ouvido do superintendente.

Battle voltou-se para MacWhirter:

– Venha por aqui.

E conduziu-o até a biblioteca.

– Vamos lá, o que significa isso tudo? Meu colega me falou que já o viu por aqui antes... no inverno passado?

– Sim, está certo – disse MacWhirter. – Tentativa de suicídio. Isto faz parte do meu passado.

– Continue, sr. MacWhirter.

– Em janeiro último tentei me matar jogando-me do Stark Head. Este ano, algo como um capricho me levou a revisitar o local. Na noite de segunda-feira, subi até lá... Fiquei lá por algum tempo, olhei para o mar lá embaixo e para Easterhead Bay, do outro lado. Depois olhei para a minha esquerda, o que significa dizer que olhei na direção desta casa. Pude vê-la com muita clareza sob o luar.

– Sim, e então?

– Até hoje eu não havia atinado que aquela havia sido a noite em que o assassinato fora cometido.

Ele inclinou-se para frente.

– Vou lhe contar o que vi.

XVI

Passaram-se, na verdade, apenas cinco minutos até que Battle voltasse para a sala de estar, porém, para aqueles que ali estavam, pareceu demorar muito mais.

Kay havia subitamente perdido o controle. Ela gritava para Audrey:

– Sabia que era você. Sempre soube que era você... Sabia que você estava tramando alguma coisa...

Mary Aldin falou depressa:

– Por favor, Kay.

Nevile foi cortante:

– Cale a boca, Kay, pelo amor de Deus.

Ted Latimer foi até Kay, que começara a chorar.

– Tente se controlar – disse ele gentilmente.

Falou para Nevile, com raiva:

– Parece que você não percebe que a Kay tem estado sob muita tensão! Por que não cuida dela um pouco, Strange?

– Estou bem – disse Kay.

– Se pudesse, juro que a levaria para longe de toda essa gente – disse Ted.

O inspetor Leach limpou a garganta. Como ele bem sabia, em momentos como este sempre se diziam coisas pouco sensatas. A parte mais lamentável é que, em geral, estas coisas eram inoportunamente lembradas depois de tudo resolvido.

Battle voltou para a sala. Seu rosto estava inexpressivo.

– A senhora gostaria de separar algumas coisas para levar, sra. Strange? Acho que o inspetor Leach deverá acompanhá-la até lá em cima – disse ele.

Mary Aldin falou:

– Vou acompanhá-la também.

Após as duas mulheres saírem da sala com o inspetor, Nevile perguntou ansioso:

– Bem, o que aquele sujeito queria?

Battle falou devagar:

– O sr. MacWhirter contou uma história muito estranha.

– E poderá ajudar Audrey? O senhor continua decidido a prendê-la?

– Já lhe disse, sr. Strange. Tenho que cumprir o meu dever.

Nevile virou-se. A ansiedade foi desaparecendo do seu rosto.

Falou:

– Creio que seja melhor telefonar para Trelawny.

– Não há pressa, sr. Strange. Há uma determinada experiência que quero fazer antes, em função da declaração do sr. MacWhirter. Mas primeiro vou esperar até que a sra. Strange saia.

Audrey vinha descendo a escada com o inspetor Leach ao seu lado. Seu rosto ainda mantinha aquele ar de serenidade, distante e indiferente.

Nevile foi na direção dela com as mãos estendidas.

– Audrey...

Com um olhar inexpressivo, ela disse:

– Está tudo bem, Nevile. Não me importo. Não me importo com nada.

Thomas Royde estava em pé, imóvel, na porta da frente, quase como se fosse barrar a saída.

Um sorriso abatido surgiu nos lábios de Audrey.

– O fiel Thomas – murmurou.

– Se houver alguma coisa que eu possa fazer... – resmungou ele.

– Ninguém pode fazer nada – disse Audrey.

Ela saiu com a cabeça erguida. O sargento Jones a aguardava lá fora, no carro da polícia. Audrey e Leach entraram.

Ted Latimer murmurou, elogioso:

– Que bela saída!

Nevile foi para cima dele furioso. O superintendente Battle se interpôs habilmente entre eles e falou com uma voz suave:

– Como disse, preciso fazer uma experiência. O sr. MacWhirter está nos esperando no cais. Devemos encontrá-lo dentro de dez minutos. Vamos sair em uma lancha a motor, portanto é melhor que as senhoras estejam bem agasalhadas. Em dez minutos, por favor!

Ele parecia um diretor de teatro comandando uma trupe no palco. Não tomou conhecimento dos seus rostos intrigados.

I

Estava frio próximo à água e Kay se aconchegava em seu casaquinho de pele, apertando-o contra o corpo.

A lancha movia-se ruidosa rio abaixo, depois fez uma curva para entrar na pequena baía que separava Gull's Point da magnitude carregada de Stark Head.

De vez em quando alguém começava a formular uma pergunta, porém o superintendente Battle sempre levantava a sua imensa mão, como um cartaz desajeitado, sugerindo que ainda não havia chegado a hora. Desse modo, o silêncio permanecera, salvo pelo barulho do rastro d'água que a lancha ia deixando para trás. Kay e Ted estavam em pé juntos olhando para a água. Nevile estava atirado com as pernas para fora. Mary Aldin e Thomas Royde estavam sentados na proa. E, de tempos em tempos, cada um deles olhava com curiosidade para a figura alta e indiferente de MacWhirter perto da popa. Ele não olhava para nenhum deles, continuava em pé, virado de costas e com os ombros curvados.

Apenas quando já estavam sob a sombra carregada de Stark Head foi que Battle reduziu o motor da lancha e começou a sua fala. Falava sem constrangimento, em um tom de voz mais ponderado do que qualquer outra coisa.

– Este é um caso muito estranho... um dos mais estranhos de que já soube, e gostaria de falar algumas coisas sobre o tópico do assassinato de um modo geral. O que vou lhes dizer não é nada original... na verdade, ouvi o jovem sr. Daniels, o conselheiro real, comentar algo do tipo, e não me surpreenderia caso ele também já tivesse ouvido de outra pessoa... esta é uma de suas artimanhas!

"É isto! Quando se lê o relato de um assassinato... digamos, uma história de ficção baseada num assassinato... normalmente começa-se pelo crime em si. Mas está tudo errado. O assassinato começa muito tempo antes. O crime é o ponto culminante de várias circunstâncias distintas, todas elas convergindo para um determinado momento e para um determinado lugar. As pessoas são reunidas, vindas de diferentes partes do mundo e por razões inesperadas. O sr. Royde veio da Malásia. O sr. MacWhirter está aqui porque desejava rever o lugar onde havia tentado se suicidar. O assassinato em si é o final da história. É a Hora Zero!"

Ele ficou em silêncio, depois disse:

– Agora é a Hora Zero.

Cinco rosto estavam virados em sua direção – apenas cinco, pois MacWhirter não moveu a cabeça. Cinco rostos intrigados.

Mary Aldin falou:

– O senhor quer dizer que a morte de lady Tressilian foi o ponto culminante de uma longa sucessão de fatos?

– Não, srta. Aldin, não o assassinato de lady Tressilian. A morte de lady Tressilian foi apenas uma consequência adicional ao objetivo principal do assassino. O assassinato a que me refiro é o assassinato de Audrey Strange.

Ele pôde ouvir uma respiração acentuada e ficou imaginando se, de repente, alguém teria ficado com medo...

– Este crime foi planejado há muito tempo... provavelmente no último inverno. Foi planejado nos mínimos detalhes. Tinha um alvo e apenas um alvo: que Audrey Strange fosse pendurada pelo pescoço até que estivesse morta...

"Foi engenhosamente planejado por alguém que se considerava muito esperto. Os assassinos em geral são vaidosos. Primeiro apareceram aquelas provas medíocres e superficiais contra Nevile Strange, que tinham a intenção de nos confundir. No entanto, depois de termos sido apresentados a um conjunto de provas forjadas, seria um tanto improvável que considerássemos a hipótese de uma segunda edição deste mesmo fato. Mas, mesmo assim, se observarmos, todas as provas contra Audrey Strange poderiam ter sido forjadas. A arma tirada da lareira de seu quarto, suas luvas – a da mão esquerda salpicada de sangue – escondidas na hera do lado de fora de sua janela. O pó de arroz que ela usa e também alguns fios de cabelo espalhados na parte de dentro do colarinho do paletó. Suas impressões digitais deixadas naturalmente, encontradas em um rolo de esparadrapo retirado de seu quarto. Até mesmo a natureza canhota do golpe.

"E surgiu então a prova incriminadora final da própria sra. Strange... não creio que haja alguém entre os senhores (exceto aquele que de fato o sabe) que possa acreditar em sua inocência depois da forma como ela se comportou quando foi presa. Ela praticamente admitiu a culpa, não foi? É possível que eu mesmo não tivesse acreditado na sua inocência não fosse uma experiência pessoal que tive... Aquilo realmente me impressionou muito quando a vi e a ouvi... porque, vejam, conheci uma garota que fez exatamente a mesma coisa... admitiu a culpa quando na realidade não era a culpada... e Audrey Strange me olhava com os olhos daquela garota...

"Eu tinha que cumprir o meu dever e sabia disso. Nós policiais temos que nos basear em provas... e não naquilo que sentimos ou pensamos. Mas posso lhes dizer que naquele instante rezei por um milagre... pois sabia que nada além de um milagre poderia salvar aquela pobre senhora."

Ele prosseguiu:

– Bom, consegui o meu milagre. E consegui imediatamente! O sr. MacWhirter apareceu contando a sua história.

Fez uma pausa.

– Sr. MacWhirter, o senhor poderia repetir o que me contou antes lá na casa?

MacWhirter se virou. Falou em frases curtas e precisas, carregadas de convicção, exatamente por conta de sua concisão.

Contou sobre o seu salvamento no penhasco em janeiro último e sobre o seu desejo de voltar àquele cenário. Ele prosseguiu:

– Fui até lá na noite de segunda-feira. Estava lá parado, perdido em meus pensamentos. Creio que isto deve ter sido algo em torno das onze horas. Olhei na direção daquela casa naquela ponta... Gull's Point, como agora já sei que se chama.

Ficou em silêncio, depois continuou:

– Havia uma corda pendurada em uma janela, para o lado do mar. Vi um homem subindo pela corda...

Passaram-se apenas alguns instantes até que compreendessem o que ele dissera. Mary gritou:

– Então, afinal de contas, foi mesmo um estranho? Não teve nada a ver com nenhum de nós. Foi um ladrão comum!

– Não tire conclusões tão apressadas – disse Battle. – Sim, foi alguém que veio do outro lado do rio, pois veio nadando. Porém, seria necessário que alguém da casa tivesse preparado a corda para o assassino e, portanto, alguma pessoa da casa deve ter se ocupado disso.

Ele continuou calmamente:

– E sabemos de alguém que estava do outro lado do rio naquela noite... alguém que não foi visto por ninguém entre dez e meia e onze e quinze e que poderia ter nadado até lá e voltado. Alguém que poderia ter um amigo nesta margem do rio.

E acrescentou:

– Então, sr. Latimer?

Ted deu um passo para trás. Gritava estridentemente:

– Mas eu não sei nadar! Todos sabem que não sei nadar! Kay, diga a eles que eu não sei nadar.

– É claro que Ted não sabe nadar! – gritou Kay.

– É mesmo? – perguntou Battle em tom amável.

Battle caminhou pelo barco quando Ted caminhava na direção oposta. Houve algum movimento desajeitado e se ouviu um barulho na água.

– Meu Deus! – disse o superintendente Battle profundamente preocupado. – O sr. Latimer caiu na água.

Suas mãos se fecharam como um torno no braço de Nevile quando este se preparava para pular atrás de Ted Latimer.

– Não, não, sr. Strange. Não é necessário que o senhor se molhe. Há dois dos meus homens bem à mão... pescando ali naquele bote. – Ele olhou fixamente para a água, ao lado da lancha. – Realmente é verdade – disse ele interessado –, ele não sabe nadar. Já está tudo bem, já conseguiram resgatá-lo. Peço desculpas agora, mas, na verdade, só há uma maneira de se ter certeza absoluta de que uma pessoa não sabe nadar e é jogando-a na água e observando. Veja, sr. Strange, gosto de ser minucioso. Precisava eliminar o sr. Latimer primeiro. O sr. Royde tem um braço defeituoso e não poderia subir por uma corda.

A voz de Battle assumiu um tom felino:

– Logo isso nos leva ao senhor, não é, sr. Strange? Um excelente atleta, alpinista, nadador e tudo mais. Sabemos que o senhor realmente pegou a barca das dez e meia, no entanto, ninguém pode jurar que o tenha visto no Hotel Easterhead antes das onze e quinze, apesar da sua história de ter ficado procurando o sr. Latimer durante este intervalo.

Nevile puxou o braço com força, jogou a cabeça para trás e riu.

– O senhor está sugerindo que eu tenha atravessado o rio a nado e subido por uma corda...

– A mesma que o senhor já tinha deixado pronta pendurada em sua janela – disse Battle.

– ...matado lady Tressilian e nadado de volta? Por que eu faria uma coisa tão fantástica? E quem preparou todas aquelas pistas contra mim? Suponho que eu mesmo as tenha deixado?

– Exatamente – disse Battle. – E também não foi uma má ideia.

– E por que eu iria querer matar Camilla Tressilian?

– O senhor não queria – afirmou Battle. – Porém, queria de fato enforcar a mulher que o deixara por outro homem. Como deve saber, o senhor sofre de alguma perturbação mental. É assim desde que era criança... examinei aquele velho caso do arco e flecha, por sinal. Qualquer pessoa que o ofenda deve ser punida... e a morte não lhe parece ser nenhum castigo absurdo para estas pessoas. No entanto, a morte em si não era suficiente para Audrey... a sua Audrey, a quem o senhor amava... Ah, sim! Sem dúvida o senhor a amava antes de seu amor se transformar em ódio. O senhor precisou pensar em algum tipo especial de morte, uma morte lenta, arrastada, sofrida. E, quando a planejou, o fato de que isto incluiria o assassinato de uma mulher que havia sido uma espécie de mãe para o senhor não o preocupou nem um pouco...

Nevile falou, e sua voz parecia bastante calma:

– É tudo mentira! É tudo mentira! E eu não sou louco. Não sou louco.

Battle falou com desdém:

– Ela atingiu o seu ponto fraco quando foi embora e o deixou por outro homem, não foi? Feriu a sua vaidade masculina? Pensar que ela poderia abandonar um homem como o senhor. Conseguiu salvar o seu orgulho fingindo para o mundo todo que o senhor a havia abandonado e casado com outra moça que estava apaixonada pelo senhor, tudo só para reforçar essa mentira. Porém, sob este disfarce, o senhor planejava o que faria contra Audrey. Não pôde pensar em nada pior do que isso... fazer com que ela fosse enforcada. Foi uma ideia excelente... é uma pena que o senhor não tenha tido cabeça para executá-la melhor!

Os ombros de Nevile remexeram-se sob o casaco de lã, num movimento estranho e contorcido.

Battle continuou:

– Infantil... toda aquela tolice do taco de golfe! Aquelas pistas grosseiras apontando para o senhor! Audrey deveria saber quem o senhor era! Ela deve ter rido sozinha! Pensando que eu não suspeitava do senhor! Vocês assassinos são uns sujeitinhos engraçados! Tão convencidos! Sempre achando que são espertos e habilidosos, e, na realidade, sendo tão deploravelmente infantis...

Partiu de Nevile um grito estranho e bizarro.

– Foi uma ideia inteligente... eu sei que foi. O senhor nunca teria imaginado. Nunca! Não fosse este idiota intrometido, este escocês arrogante. Eu pensei em cada detalhe... cada detalhe! Não tive culpa pelo que saiu errado. Como poderia saber que Royde sabia da verdade sobre Audrey e Adrian? Audrey e Adrian... Maldita Audrey... ela tem que ser enforcada... o senhor tem que enforcá-la... quero que ela morra sentindo medo... quero que ela morra... que ela morra... Eu a odeio. Estou lhe dizendo, quero que ela morra...

Sua voz alta e queixosa foi se calando. Nevile deixou-se cair num canto e começou a chorar baixinho.

– Ah, meu Deus – disse Mary Aldin. Ela estava pálida como nunca estivera.

Battle falou baixinho, suavemente:

– Sinto muito, mas tinha que pressioná-lo... como sabe, havia poucas provas.

Nevile ainda se lamuriava. Sua voz parecia a de uma criança.

– Quero que ela seja enforcada. Só quero que ela seja enforcada...

Mary Aldin estremeceu e se virou para Thomas Royde.

Ele segurou as mãos dela.

II

– Sempre tive medo – disse Audrey.

Estavam sentados no terraço. Audrey estava perto do superintendente Battle, que havia retomado suas férias e estava em Gull's Point como amigo.

– Sempre com medo... o tempo todo – disse ela.

Battle falou, balançando a cabeça:

– Sabia que estava morrendo de medo logo no primeiro instante em que a vi. A senhora tinha aquele mesmo jeito apagado e reservado que as pessoas têm quando estão segurando alguma emoção muito forte. Poderia ser amor ou ódio, mas na verdade era medo, não era?

Audrey acenou a cabeça, concordando.

– Comecei a ter medo de Nevile logo que nos casamos. Mas veja que o mais terrível é que eu não sabia por que. Comecei a pensar que eu estivesse louca.

– Não era a senhora – disse Battle.

– Quando me casei com Nevile ele parecia ser tão saudável e normal... sempre adoravelmente bem-humorado e gentil.

– Interessante – disse Battle. – Como sabe, ele desempenhava o papel de excelente desportista. É por isso que conseguia se manter tão calmo no jogo de tênis. Para ele, o papel como grande desportista era mais importante do que ganhar as partidas. No entanto, isto o deixava sob tensão, é claro; isto sempre acontece quando se vive representando um papel. Dessa forma, por dentro, ele ficou ainda pior.

– Interior – murmurou Audrey com um tremor. – Sempre o interior. Nada em que se pudesse tocar. Às vezes era uma palavra ou um olhar, mas em seguida eu achava que havia imaginado... Alguma coisa suspeita. E depois, com lhe disse, pensei que era eu quem devia estar estranha. E aí continuei a ficar cada vez com mais medo... uma espécie de medo irracional, sabe, que vai deixando a pessoa doente!

"Disse a mim mesma que estava enlouquecendo e que não tinha culpa do que estava acontecendo. Sentia que seria capaz de qualquer coisa neste mundo para fugir! E foi então que Adrian apareceu e disse que me amava, e eu achei que seria maravilhoso poder fugir com ele. Ele disse..."

Ela se deteve.

– O senhor sabe o que aconteceu? Fugi para encontrar Adrian... ele nunca apareceu... ele morreu... tive uma sensação... como se Nevile tivesse de alguma forma providenciado aquilo.

– Talvez tenha – disse Battle.

Audrey virou seu rosto sobressaltado para ele.

– Ah, o senhor acha que sim?

– Nós nunca saberemos. Acidentes de carro podem ser provocados, sim. Mas não fique matutando isto, sra. Strange. É mais provável que tenha sido um acidente.

– Eu... eu estava arrasada. Voltei para a casa paroquial... a casa da família de Adrian. Íamos escrever para a mãe dele, mas como ela não chegara a saber, decidi que seria melhor não contar para evitar que ela sofresse. E Nevile foi até lá quase que imediatamente. Ele foi muito gentil e amável, mas durante todo o tempo em que conversávamos eu estava morrendo de medo! Ele disse que não havia necessidade de ninguém saber sobre Adrian, que eu poderia me divorciar com base nas provas que ele me mandaria depois e que iria se casar outra vez em seguida. Fiquei tão grata. Sabia que ele achava Kay atraente e esperava que tudo desse certo, e que eu pudesse superar aquela estranha obsessão que eu tinha. Ainda achava que o problema fosse comigo.

"Mas eu não conseguia me livrar daquela sensação... não completamente. Nunca senti que havia escapado de verdade. Então, certo dia encontrei Nevile no parque e ele me explicou que gostaria muito que eu e Kay fôssemos amigas, e sugeriu que viéssemos todos para cá em setembro. Não pude recusar... como poderia? Não depois de tudo o que ele fizera por mim."

– "Quer entrar na minha casa?, disse a aranha para a mosca" – mencionou Battle.

Audrey estremeceu.

– Sim, exatamente assim...

– Ele foi muito esperto com relação a isto – disse Battle. – Afirmou a todos solenemente e de uma forma tão espalhafatosa que a ideia tinha sido dele, que todo mundo ficou com a impressão de que na verdade não tinha sido.

Audrey disse:

– E depois cheguei aqui... e foi como uma espécie de pesadelo. Eu sabia que algo terrível iria acontecer... sabia que Nevile havia tramado alguma coisa... e que era alguma coisa contra mim. Mas não sabia o que era. O senhor sabe, acho que eu quase perdi a cabeça de verdade! Estava simplesmente paralisada de medo... como se fica quando se sonha que algo vai acontecer e não se consegue mover...

– Sempre pensei – disse o superintendente Battle – que gostaria de ver uma cobra hipnotizar um pássaro de modo que ele não pudesse voar... porém, hoje já não tenho tanta certeza.

Audrey continuou:

– Mesmo quando lady Tressilian foi morta, não percebi o que aquilo queria dizer. Fiquei apenas confusa. Nem ao menos suspeitei de Nevile. Sabia que ele não se importava com dinheiro... seria absurdo pensar que ele a teria assassinado para herdar cinquenta mil libras.

"Pensei e repensei no sr. Treves e na história que ele havia contado naquela noite. Mesmo assim não associei nada daquilo com Nevile. Treves mencionara alguma peculiaridade física através da qual ele reconheceria aquela criança muito tempo depois. Tenho uma cicatriz na orelha, mas não creio que alguém mais ali tenha alguma coisa estranha que se possa notar."

Battle falou:

– A srta. Aldin tem uma mecha de cabelos brancos. Thomas Royde tem um braço defeituoso, que poderia não ter sido apenas consequência de um terremoto. O sr. Ted Latimer tem o crânio de um formato bastante estranho. E Nevile Strange...

Ficou em silêncio.

– Com toda certeza Nevile não tem nenhuma peculiaridade física?

– Ah, tem, sim. O dedo mínimo de sua mão esquerda é mais curto do que o da mão direita. Isto é muito incomum, sra. Strange... certamente muito incomum.

– Então era isso?

– Sim, era isso.

– E Nevile pendurou aquele cartaz no elevador?

– Sim. Foi correndo até lá e voltou enquanto Royde e Latimer serviam a bebida ao velho. Inteligente e simples... tenho dúvidas se um dia conseguiríamos provar que aquilo foi um assassinato.

Audrey estremeceu outra vez.

– Ora, ora – disse Battle. – Agora tudo terminou, minha querida. Continue falando.

– O senhor é muito esperto... há muitos anos eu não falava tanto!

– Pois é isto que está errado. Quando foi que a senhora começou a perceber qual era o jogo do Mestre Nevile?

– Não sei exatamente. Aquilo me ocorreu de repente. Ele próprio havia sido inocentado, o que deixava todos nós como suspeitos. E então, de uma hora para a outra, o vi olhando para mim... uma espécie de olhar de satisfação. Ali eu soube! Isto foi quando...

Ela parou bruscamente.

– Foi quando o quê...?

Audrey falou bem devagar:

– Foi quando pensei que uma saída rápida seria me... melhor.

O superintendente Battle balançou a cabeça.

– Nunca se entregue. Este é o meu lema.

– Ah, o senhor tem toda razão. No entanto, o senhor não sabe o que o medo constante é capaz de fazer a uma pessoa. A pessoa fica paralisada... não consegue pensar... não pode esboçar nada... tudo o que consegue fazer é ficar esperando que alguma coisa terrível aconteça. E então, quando acontece... – Audrey deu um sorriso breve e inesperado – ...o senhor se surpreenderia com a sensação de alívio! Não se precisa mais esperar ou temer... já chegou. Creio que o senhor vai pensar que sou um tanto maluca se lhe contar que quando o senhor chegou para me prender por assassinato eu não me importei nem um pouco. Nevile já fizera todo mal que podia e agora estava tudo terminado. E me senti tão segura saindo acompanhada do inspetor Leach.

– Este foi em parte o motivo pelo qual a prendemos – disse Battle. – Queria que a senhora estivesse fora do alcance daquele louco. E, além do mais, se eu quisesse desmascará-lo precisaria poder contar com o choque da reação dele. Ele achava que seu plano estava dando certo... logo o golpe seria muito maior.

Audrey disse em voz baixa:

– Se ele não tivesse se descontrolado, haveria provas?

– Não muitas. Havia o relato de MacWhirter sobre ter visto sob a luz da lua um homem subindo pela corda.

E, para confirmar a história dele, havia a própria corda enrolada no sótão, ainda levemente úmida. Como a senhora sabe, estava chovendo naquela noite.

Ficou em silêncio e encarou Audrey fixamente como se esperasse que ela fosse dizer alguma coisa.

Como ela pareceu meramente interessada, ele continuou:

– E ainda havia o terno listrado. Ele havia, é claro, se despido no escuro naquele canto rochoso da margem de Easterhead Bay e enfiado o terno em uma reentrância das pedras. Colocou o terno, por acaso, em cima de um pedaço de peixe podre trazido pela maré, o que o deixou com uma pequena mancha na altura do ombro... e um forte odor. Houve um rumor, como acabei descobrindo, sobre algum problema nos esgotos do hotel. Foi o próprio Nevile quem espalhou o boato. Ele vestiu a capa de chuva por cima do terno, mas o cheiro era impregnante. Depois, acabou se enrolando com a questão do terno e, na primeira oportunidade, levou-o para a lavanderia onde, como um tolo, não forneceu seu nome verdadeiro. Escolheu um nome qualquer, na verdade era um nome que ele havia visto no registro do hotel. Foi assim que o seu amigo acabou ficando com o terno e, por ser inteligente, associou-o com o homem subindo pela corda. Alguém pode até pisar num peixe podre, mas ninguém enfia o ombro nele a menos que tenha tirado a roupa para banhar-se à noite... mas ninguém iria se banhar por mera satisfação numa noite chuvosa de setembro. Ele conseguiu ver o quadro completo. É um homem muito inteligente, o sr. MacWhirter.

– Mais do que inteligente – disse Audrey.

– Hum, é, talvez. Quer saber mais sobre ele? Posso lhe contar alguma coisa sobre a história dele.

Audrey ouviu com atenção. Battle viu nela uma boa ouvinte.

Ela disse:

– Devo muito a ele... e ao senhor.

– A senhora não me deve tanto assim – disse o superintendente Battle. – Se eu não tivesse sido um tolo, teria percebido a questão da campainha.

– Campainha? Que campainha?

– A campainha do quarto de lady Tressilian. Sempre tive a impressão de que havia alguma coisa errada com aquela campainha. Quase consegui desvendar este mistério também quando estava no andar de cima e fui descer as escadas... e vi uma daquelas varas que se usa para abrir as janelas.

Fez uma pausa e continuou.

– Veja, esta é que era a questão da campainha... dar um álibi a Nevile. Lady Tressilian não se lembrava por que tocara a campainha... é claro que não poderia se lembrar, porque ela não havia mesmo tocado! Nevile tocou a campainha pelo lado de fora, pelo corredor, usando aquela longa vara para tocar nos fios que ficam estendidos no teto. Em seguida vem a Barrett e vê o sr. Nevile Strange descendo a escada e saindo, e encontra lady Tressilian viva e passando muito bem. Toda a questão da empregada era bastante suspeita. De que adiantaria dopá-la para um crime que seria cometido antes da meia-noite? Havia uma chance em dez de que àquela hora ela já estivesse totalmente apagada. Mas este fato determinaria o assassinato como sendo obra de alguém da casa, permitindo algum tempo para que Nevile desempenhasse o seu papel de suspeito número um... depois Barrett falaria e Nevile seria tão triunfalmente inocentado que ninguém seria lá muito minucioso ao investigar exatamente em que horário ele havia chegado ao hotel. Sabemos que ele não tinha voltado de barca e que nenhum barco havia sido roubado. Restava a possibilidade de ele ter nadado. Ele é um grande nadador, mas mesmo assim teria tido pouco tempo. Subiu pela corda que havia deixado pendurada em seu quarto, deixando bastante água pelo chão, como observamos, porém, lamento dizer, sem perceber o motivo. Depois, já vestindo o terno azul-marinho, foi até o quarto de lady Tressilian – não precisamos entrar em detalhes nesta parte –, não levando mais do que alguns minutos; ele já teria preparado aquela esfera de aço de antemão... depois voltou para o quarto, tirou a roupa, desceu pela corta e voltou para Easterhead.

– Imagine se Kay tivesse entrado no quarto?

– Aposto como ela havia sido levemente dopada. Segundo me disseram, ela estava bocejando desde o jantar. Além disso, ele havia providenciado uma discussão com ela, de modo que ela trancaria a porta, impedindo assim a entrada dele.

– Estou tentando pensar se notei que o puxador não estava na grade de proteção da lareira. Acho que não. Quando foi que ele a colocou de volta no lugar?

– Na manhã seguinte, quando começou todo o tumulto na casa. Quando voltou no carro de Ted Latimer, ele teve toda a noite para se livrar das pistas e ajeitar as coisas, remendar a raquete de tênis etc. A propósito, ele atingiu a velha senhora com um golpe de esquerda. Foi por isso que o crime pareceu ter sido cometido por uma pessoa canhota. A senhora está lembrada de que o golpe de esquerda sempre foi o ponto forte do sr. Nevile no jogo de tênis?

– Não, por favor, não – Audrey levantou as mãos. – Não suporto ouvir mais nada.

Ele sorriu para ela.

– De qualquer maneira, acho que lhe fez bem desabafar. Sra. Strange, posso ser um pouco impertinente e lhe dar um conselho?

– Sim, por favor.

– A senhora viveu durante oito anos com um criminoso lunático... isto é o bastante para esgotar os nervos de qualquer mulher. Mas agora é preciso deixar isto para trás, sra. Strange. A senhora não precisa mais ter medo... e deve procurar se convencer disto.

Audrey sorriu para ele. Aquela expressão gélida havia sumido de seu rosto; era agora um rosto delicado, um tanto tímido, porém confiante, com aqueles olhos bem separados cheios de gratidão.

Hesitando um pouco, ela disse:

– O senhor mencionou para os outros que havia uma garota... uma garota que agiu da mesma forma como eu agi?

Battle balançou a cabeça devagar:

– A minha própria filha – disse ele. – Portanto, veja, minha querida, aquele milagre tinha que acontecer. Essas coisas acontecem para nos testar!

III

Angus MacWhirter estava fazendo as malas.

Colocou cuidadosamente três camisas na mala e depois aquele terno azul-marinho que havia lembrado de apanhar na lavanderia. Dois ternos deixados por dois MacWhirters diferentes havia sido demais para aquela moça administrar.

Ouviu uma batida na porta e gritou:

– Pode entrar.

Audrey Strange entrou e disse:

– Vim lhe agradecer... está fazendo as malas?

– Sim. Vou embora hoje à noite. E pego o navio depois de amanhã.

– Para a América do Sul?

– Para o Chile.

Ela disse:

– Deixe-me fazer a mala para você.

Ele protestou, mas ela o ignorou. Ele a observava enquanto trabalhava de forma hábil e metódica.

– E então? – disse ela ao terminar.

– Você é boa nisto – disse MacWhirter.

Ficaram em silêncio. Em seguida, Audrey falou:

– Você salvou a minha vida. Se você não tivesse visto o que viu por acaso...

Ela se deteve.

Depois disse:

– Você realmente percebeu de imediato naquela noite no penhasco quando você... você me impediu de pular... dizendo "vá para casa, vou tomar providências para que você não seja enforcada"... foi naquele momento que você percebeu que tinha alguma prova relevante?

– Não exatamente – disse MacWhirter. – Eu ainda precisava planejar o que iria fazer.

– Então como pôde dizer... o que disse?

MacWhirter sempre se sentia incomodado quando tinha que explicar a extrema simplicidade dos seus métodos de raciocínio.

– Eu quis dizer precisamente o que disse... que pretendia impedir que você fosse enforcada.

O rosto de Audrey se coloriu.

– E supondo que eu fosse culpada?

– Isto não teria feito a menor diferença.

– Então você achou que eu era mesmo culpada?

– Não especulei muito sobre o assunto. Estava inclinado a acreditar que você era inocente, mas isto não teria feito nenhuma diferença para o que eu estava disposto a fazer.

– Foi aí que você se lembrou do homem da corda?

MacWhirter ficou calado por alguns instantes. Depois pigarreou.

– Creio que talvez a senhora saiba que eu não vi na verdade nenhum homem subindo por uma corda... certamente eu não poderia ter visto, pois estive em Stark Head no domingo à noite e não na segunda-feira. Deduzi o que devia ter acontecido pelas provas do terno, e minhas suposições se confirmaram ao encontrar a corda úmida no sótão.

De vermelha, Audrey ficara pálida. Ela falou, cética:

– Toda a sua história era uma mentira?

– Minhas deduções não teriam significado nada para a polícia. Eu precisava dizer que tinha visto o que acontecera.

– Mas... você corria o risco de ter que jurar no meu julgamento.

– Sim.

– Teria feito isso?

– Sim, teria.

Audrey gritou incrédula:

– E você... você é o homem que perdeu o emprego e desmoronou a ponto de se jogar de um penhasco por se recusar a adulterar a verdade!

– Tenho um grande apreço pela verdade. Porém, descobri que há coisas que são mais importantes.

– Como o quê?

– Você – disse MacWhirter.

Audrey baixou os olhos. MacWhirter pigarreou de um jeito constrangido.

– Não é necessário que você se sinta como se me devesse algum grande favor ou coisa parecida. Depois de hoje, você nunca mais ouvirá falar de mim. A polícia conseguiu a confissão de Nevile e não precisará mais do meu depoimento. De qualquer forma, ouvi dizer que ele está tão mal que talvez não sobreviva para ir a julgamento.

– É melhor que seja assim – disse ela.

– Você já foi apaixonada por ele?

– Sim, pelo homem que eu pensava que ele fosse.

MacWhirter balançou a cabeça.

– Talvez todos nós já tenhamos nos sentido assim.

Ele prosseguiu:

– Tudo terminou bem. O superintendente Battle conseguiu se basear na minha história para obter a confissão que queria...

Audrey o interrompeu. Ela disse:

– Sim, ele usou a sua história. Mas não acredito que você tenha conseguido enganá-lo. Ele fechou os olhos deliberadamente.

– Por que você diz isso?

– Quando conversávamos, ele mencionou que tinha sido muita sorte o fato de você ter visto o que viu à luz da lua e depois acrescentou algo... uma frase ou duas... sobre aquela ter sido uma noite chuvosa.

MacWhirter ficou perplexo.

– É verdade. Duvido que eu tivesse conseguido ver alguma coisa na noite de segunda-feira.

– Não tem importância – disse Audrey. – Ele sabia que o que você fingiu ter visto era o que realmente havia acontecido. Porém, isto explica por que ele provocou Nevile até fazê-lo confessar. Ele suspeitou de Nevile assim que Thomas lhe contou sobre mim e Adrian. Ele sabia que, se estava certo quanto ao tipo de crime, enganara-se ao se concentrar na pessoa errada... o que ele precisava era algum tipo de prova para usar contra Nevile. Como ele próprio disse, precisava de um milagre... e você foi a resposta às preces do superintendente Battle.

– É de fato uma coisa estranha para ele dizer – disse MacWhirter secamente.

– Como pode ver – disse Audrey –, você é um milagre. O meu milagre especial.

MacWhirter disse em tom grave:

– Não gostaria que você se sentisse como se me devesse algum favor. Vou sair de sua vida...

– Você precisa mesmo? – disse Audrey.

Ele a encarou. Seu rosto voltou a corar.

Ela disse:

– Você me levaria com você?

– Você não sabe o que está dizendo!

– Sei, sim. Estou fazendo algo muito difícil... mas isto para mim tem mais importância do que a vida ou a morte. Sei que não há muito tempo. A propósito, sou uma pessoa muito convencional, portanto gostaria de me casar antes de partirmos!

– Naturalmente – disse MacWhirter, profundamente chocado. – Não imaginou que eu sugeriria qualquer coisa diferente disso, não é?

– Tenho certeza que não – disse Audrey.

MacWhirter falou:

– Não sou o seu tipo. Pensei que se casaria com aquele sujeito calado que gosta de você há tanto tempo.

– Thomas? Ah, o querido e fiel Thomas. Ele é verdadeiro demais. Se manteve fiel à imagem da menina que ele amou há muitos anos. No entanto, a pessoa de quem ele realmente gosta é Mary Aldin, embora ele ainda não saiba disso.

MacWhirter deu um passo na direção dela e falou seriamente:

– Você está falando sério?

– Sim... quero estar sempre com você e nunca mais deixá-lo. Se você for embora, jamais encontrarei alguém como você e passarei o resto dos meus dias sozinha.

MacWhirter suspirou. Pegou a carteira e examinou com cuidado o seu conteúdo.

– Uma licença especial de casamento custa caro. A primeira coisa que farei amanhã será ir ao banco.

– Eu poderia lhe emprestar algum dinheiro – murmurou Audrey.

– Você não vai fazer nada disso. Se vou me casar, eu pago a licença. Entendeu?

– Não precisava – disse ela com suavidade – ser tão sério.

Ele falou suavemente chegando mais perto dela:

– Na última vez em que a tive em meus braços, você parecia um pássaro... debatendo-se para escapar. Agora você nunca mais vai escapar...

Ela disse:

– Nunca mais vou querer escapar.

Livros de Agatha Christie publicados pela **L&PM** EDITORES

O homem do terno marrom
O segredo de Chimneys
O mistério dos sete relógios
O misterioso sr. Quin
O mistério Sittaford
O cão da morte
Por que não pediram a Evans?
O detetive Parker Pyne
É fácil matar
Hora Zero
E no final a morte
Um brinde de cianureto
Testemunha de acusação e outras histórias
A Casa Torta
Aventura em Bagdá
Um destino ignorado
A teia da aranha (com Charles Osborne)
Punição para a inocência
O Cavalo Amarelo
Noite sem fim
Passageiro para Frankfurt
A mina de ouro e outras histórias

MEMÓRIAS

Autobiografia

MISTÉRIOS DE HERCULE POIROT

Os Quatro Grandes
O mistério do Trem Azul
A Casa do Penhasco
Treze à mesa
Assassinato no Expresso Oriente
Tragédia em três atos
Morte nas nuvens
Os crimes ABC
Morte na Mesopotâmia
Cartas na mesa
Assassinato no beco
Poirot perde uma cliente
Morte no Nilo
Encontro com a morte
O Natal de Poirot
Cipreste triste
Uma dose mortal
Morte na praia
A Mansão Hollow
Os trabalhos de Hércules
Seguindo a correnteza
A morte da sra. McGinty
Depois do funeral
Morte na rua Hickory
A extravagância do morto
Um gato entre os pombos
A aventura do pudim de Natal
A terceira moça
A noite das bruxas
Os elefantes não esquecem
Os primeiros casos de Poirot
Cai o pano: o último caso de Poirot
Poirot e o mistério da arca espanhola e outras histórias
Poirot sempre espera e outras histórias

MISTÉRIOS DE MISS MARPLE

Assassinato na casa do pastor
Os treze problemas

Um corpo na biblioteca
A mão misteriosa
Convite para um homicídio
Um passe de mágica
Um punhado de centeio
Testemunha ocular do crime
A maldição do espelho
Mistério no Caribe
O caso do Hotel Bertram
Nêmesis
Um crime adormecido
Os últimos casos de Miss Marple

MISTÉRIOS DE TOMMY & TUPPENCE

O adversário secreto
Sócios no crime
M ou N?
Um pressentimento funesto
Portal do destino

ROMANCES DE MARY WESTMACOTT

Entre dois amores
Retrato inacabado
Ausência na primavera
O conflito
Filha é filha
O fardo

TEATRO

Akhenaton
Testemunha de acusação e outras peças
E não sobrou nenhum e outras peças

ANTOLOGIAS DE ROMANCES E CONTOS

Mistérios dos anos 20
Mistérios dos anos 30
Mistérios dos anos 40
Mistérios dos anos 50
Mistérios dos anos 60
Miss Marple: todos os romances v. 1
Poirot: Os crimes perfeitos
Poirot: Quatro casos clássicos

GRAPHIC NOVEL

O adversário secreto
Assassinato no Expresso Oriente
Um corpo na biblioteca

IMPRESSÃO:

PALLOTTI
GRÁFICA

Santa Maria - RS | Fone: (55) 3220.4500
www.graficapallotti.com.br